孤獨的價值

寂寞是一種必要

孤独の価値

MORI
Hiroshi

森博嗣

楊明綺／譯

本書為《孤獨的價值》改版書

人生不需要那麼多錢財，不需要那麼多朋友也能生活。

但如果你想讓自己的人生更有意義，

唯一需要的東西就是自己的想法。

推薦序　人終將孤獨

諮商心理師、作家　陳雪如（Ashley）

你的人生到現在，體驗過孤獨嗎？

我人生中，第一次體驗到什麼叫作孤獨，是在我大學時期。那時候，我第一次談戀愛，有次和當時的男友吵架，覺得特別傷心，一個應該要懂我的人，怎麼這麼不理解我。當下，我感覺到很深層的孤獨。

原來，兩個人在一起，比一個人，還要孤單。

一個人不孤單的。因為也沒期待身旁有人。但當身旁好不容易有了人，兩顆心卻不能相連的時候，才更顯得孤單。就像書中說的，人之所以會感到孤獨，是因為體驗過不孤獨的感覺。「寂寞」，是因為失去。而且失去的東西要是和自己很親密，就會陷入「孤獨」。

我人生中，第二次體驗孤獨，是我剛到政大讀諮商研究所那一年。那時候，我住在政大後山的宿舍，因為還沒開學，學生們都還沒返校，宿舍安靜極了，整天下來，一點人聲都沒有，只聽得到蟲鳴鳥叫的聲音。

現在回想起來，感覺那場景很清幽。但當時的我卻害怕極了。

我獨自一人北上求學，在政大幾乎沒一個認識的人，連續好幾個禮拜待在幽靜的宿舍，一個說話對象都沒有，甚至一個人都沒看到。

第一個禮拜，我還能享受夜晚那蟬鳴的交響樂。

第二個禮拜，夜深人靜之時，我都感覺自己快發瘋了。拚命想找人聊天，卻一個也找不到。

第三個禮拜，我開始嘗試接受這種寂靜。我也開始遇見我自己。

原來，當全世界都安靜了下來，我就不得不聽到我自己內在的聲音。我的內在有很多的恐懼、很多的擔憂，平時，我用人聲掩蓋這些不安的躁動，現在，卻不得不面對。

我開始學習怎麼跟自己相處。透過靜坐，我開始覺察自己、開始與自己對話、開始與自己和解。

後來，我慢慢不再恐懼孤獨。我知道，當全世界安靜無聲的時候，我還有自己。我知道，我有能力能安然度過孤獨。

那一刻，我從向外求連結與陪伴，轉爲向內求。我感覺到自己更有力量、不再空虛。

我很幸運，在很年輕的階段，就有機會學著與孤獨相處。但我見過身邊許多人，活了大半輩子，仍害怕孤獨。

我想起了一個女生朋友ＪＪ。

她每次剛分手，就急著進入下一段關係中。就算沒正式交往，也會急著找人曖昧，她說，她怕極了一個人的感覺，而且她感覺，自己一個人什麼事情都做不了。

她說，只要跟其他人在一起，她就可以獲得勇氣，去實踐很多夢想。以前，她還曾經跟著男友挑戰重裝背行李登百岳。但自從跟男友分手後，就不敢自己一個人挑戰大山了，覺得自己肯定無法完成。

最近，三十九歲的她，決定不再依靠男人，自己一個人，背了行囊，成功登上玉山。登頂後，才發現恐懼是自己想像出來的，她以爲自己需要依靠他人才有力量，但其實力量一直都在，只是一個人的時候，無法給自己勇氣。

如今，她再也不需要男人給她勇氣了。就算沒遇到喜歡的男人，她自己也能給自己勇氣，實踐一切想做的夢！

其實，我們無論在哪個年齡階段，每個人身邊一定都會存在某些類型的朋友，他們只要一分手，就會馬上進入下一段關係中，無法忍受孤獨。

但這樣的人，不見得是無法忍受跟自己相處。他們可能是無法忍受自我對於孤獨的解讀——我是沒人愛的、是被遺棄的、大家都討厭我、我感覺自己很不好。如果，趕快進入下一段關係，就可以證明有人愛我、欣賞我。

這類的人，極力避免孤獨，是因爲孤獨會動搖他們對自我的價值。

然而，心理治療中的存在主義治療（Existential Therapy）認爲，人終將是孤獨的。存在主義的代表人物之一——歐文．亞隆將孤獨分爲三種類型：

一、**人際孤獨：**想找朋友談心的時候找不到人、失去最親近的戀人、朋友。

二、**心理孤獨：**身邊或許存在關愛我們的人，但我們將自己內心封閉，不對任何人敞開心門。表面上有很多朋友，事實上內心誰也不信任。

三、**存在孤獨：**無論擁有多麼緊密的連結、多麼知心的陪伴，世界上沒有人完全了解自己，總會有某個時刻感到自己與他人之間存在著的無法跨越的鴻溝。

存在主義認爲，人生有四大必修，除了孤獨之外，死亡、無意義感、自由與責任也是每個人的議題。只要是人，就會經歷孤獨，可能是沒人了解自己、或是沒人可以幫我們面對生命中的死亡及失去。

死亡也是一樣的，沒人可以長生不老，也沒人可以緊抓著心愛之人不讓他離世。我們一個人降臨到這世界上，也將一個人離開這世界。

如果終將要死，那生命的意義到底是甚麼呢？自己這一生的意義又是甚麼？如果找不到自己活著的意義與目的，就會感到迷惘、無聊，失去目的以及方向，渾渾噩噩過日子。

有些人在尋找生命意義的過程中，放棄了自己去做選擇，因為太擔憂做了錯誤選擇會後悔，所以將決定權交給別人，要別人為自己選擇，例如要爸媽、伴侶幫忙決定要不要結婚生子、要不要出國進修、要不要轉換跑道等等。

當被人命令的時候，覺得自己被限制，極力爭取自由。自由了，卻又害怕爲自己的選擇負責任，再次將自己銬上桎梏，將決策權外包給別人。

這四大議題，這是人生的必修，不是選修，他們同時是禮物也是炸彈，彼此之間息息相關。若沒順利度過，我們會覺得生命沒有意義與希望，感到迷失、恐懼與空虛，然而若直視死亡的深淵、接受人終將孤獨、找出自己生命的意義，並爲自己的選擇負責任，我們的精神層面會昇華到另一個新層次。

這本書中，作者看似環繞孤獨的主題，實則以自己人生經驗爲底，對人生四大必修有深入、廣泛的講述。可能因爲世代背景以及國家文化的不同，我並非全然認同作者的價值觀，但對很多字句，卻也引起強烈的共鳴。

人與人之間的相遇都是短暫的。死亡終將讓我們彼此分離。無論多麼努力逃避，終有一天，我們得直視自己的孤獨。透過這本書，一窺作者對於孤獨、對生命的解讀，或許能帶來一番反思。

前言

究竟是隱遁，還是孤獨？

我接到來自編輯的請託：「可以請老師寫些關於您目前的隱遁生活嗎？」於是，我花了約莫半年時間構思（當然不是一直構思，大概一天想一個題目），將腦中想法結集成書。

編輯又提議：「好像和隱遁不太一樣耶！可以請老師替這種生活方式命名嗎？感覺像是在研究孤獨嗎？」我們從未碰面，都是用電子郵件溝通。

我特別在意「命名」這說法，感覺非常實際，但我不排斥這種直截了當的請託，願意花個五分鐘思索，無奈左思右想，還是想不出好點子，八成是因爲我對於這種生活還不夠瞭解吧。

我不記得自己針對孤獨做過相關研究，也從未用過「隱遁」這字眼（雖然曉得這詞彙），難道我自己就是隱遁一族嗎？

其實隱居的感覺有時很模糊，好比每天都過得自由自在，無拘無束，遊戲人間。當然就世人的認知，二十、三十歲世代應該是要努力打拚的時候，四十世代則是再討厭的工作，都得爲五斗米折腰，所以擺脫這種生活方式，似乎與所謂的隱居不太一樣。之後，大概五年前吧。我遷居遠處，沒有告知那位編輯，我們也沒碰過面，這樣的我可說是處於「隱身」狀態，堪稱過著隱遁或是隱居的生活。

約莫兩年半前，我因事去了一趟東京，之後便沒再搭過電車。

我本來就不喜歡去人多的地方，樂於當個獨行俠，但還是抵抗不了世間的柵欄，爲了工作方面的事，還是得與人來往。因此，爲了斬斷人情義理與不可抗力之事，我開始了現在的生活。

我之所以能這麼做，前提是我不和別人會面也能生活，也明白不能隨便對別人說：「這種生活很有趣，很推薦喔！」，雖然我知道有些特立獨行的年輕人很憧憬我現在的生活，但這是我花了幾十年才走到的境地，也不認爲現在是最佳狀態——意即人生的終極目標。雖然相較以往（對我來說），多少覺得「社會變得比較能接納不同的想法」，但一般人恐怕不這麼認爲。在世人眼裡，我是個賺了點錢，抱著玩心遷居鄉下，只想離群索居的傢伙，問題是這種看法客觀嗎？

但我本來就不在乎社會輿論、別人的眼光，也不明白自己爲什麼會變成這樣，也許是受到雙親的影響，也或許是從自身經驗過的孤獨中，培育出這樣的價值觀。

每個人都應該過著自己想要的生活

再者，我的中心思想是每個人都應該做自己喜歡的事，走自己選擇的路。雖然不少人對此看法不以爲然，但我仔細觀察，無論是誰都免不了選擇利己一途，想偷懶就偷懶，想揮霍就揮霍，這就是自己選擇的人生。就像我過著自己覺得很好的生活，每個人都應該過著自己想要的生活。

當然，難免會發生意料之外的事，好比淋成落湯雞、遭陌生人刺殺等，不少人遭遇無法預期的災害、意外與疾病，也有人有著天生的殘缺與阻礙。但包括這些命定的因素在內，我們還是能在一定範圍內自由選擇，過著自己想要的生活。

如果有人認爲自己過得很不如意，或許是因爲他企求超越命運的東西，追求不切實際的夢想，這是我的看法。只要這麼想，就不會羨慕他人，看清自己應該選擇的路，不會因爲外在因素而動搖信念，也就不會在乎別人的眼光。

孤獨眞的那麼不堪嗎？

是的，我是在談「孤獨」這件事，但其實我也不太清楚孤獨究竟爲何，也許狀況比我想像中來得糟，當然每個人對於孤獨的解讀都不一樣。

所以我只能就自己瞭解的孤獨來思考、書寫，藉由這本書傳達一件事：**「孤獨這狀態其實沒那麼糟。」**或許應該說：**「孤獨有其難捨的價值。」**我想盡量用淺顯易懂的說法傳達這件事，爲什麼呢？因爲不少時下年輕人，甚至小孩對於孤獨一事甚感煩惱，被壓得喘不過氣，雖然我沒有調查是否眞是如此，卻看過不少相關報導。也有大人被解讀成「因爲孤獨而自殺」的事例，幸好我身邊沒有發生這樣的事。雖然我認識的人當中，有十幾個人自殺身亡，但不清楚他們是否出於受不了孤獨一事，也許這就是我想探究此事的理由。

好比遺書寫道：「我很孤獨。」但眞是如此嗎？不得而知。我想，人很難精確抓準自己的心思，之所以會這麼寫，往往是爲了替自己自殺一事找藉口。

孤獨，究竟爲何？

孤獨，究竟爲何？

這狀態會逼人至絕境般，侵蝕一個人的心嗎？

我試著思考這件事，著手寫這本書，但恐怕無法得到單純又明確的答案，也不會寫些如何擺脫孤獨，猶如特效藥的方法，因爲我認爲「不擺脫也無所謂」。

有件事我必須言明在先，雖然認識我的人應該不會誤解，但拿起這本書的人可能不曉得作者是個什麼樣的人，所以還是先說清楚比較好。

我不是心理學家，也不是社會學專家，根本就是個門外漢。

我從未在大學學習過這方面的知識，曾任教大學的我是理科方面的研究人員，雖然我教導的對象是大學生，但除了自己的孩子之外，很少接觸年輕一輩，所以並未根據任何統計資料寫這本書，純粹都是個人的觀察與想法，我的著作皆是如此。雖然我喜歡看書，每天都會看書，但並未受到特定事物的影響而寫這本書，所以我不會引經據典地說明（基本上，除了寫小說之外，我幾乎不會引用任何資料）。

也就是說，這本書只是由一個人的思考實驗構成，**還請讀者務必動腦思考，構築自己的想法。**

其實人生不需要那麼多錢財，不需要那麼多朋友也能生活。但如果你想讓自己的人生更有意義，唯一需要的東西就是自己的想法。

目次

第二章 寂寞真的那麼不堪嗎？

第三章　孤獨對於人類來說，是必要的狀態

第四章　孤獨也能衍生美的意識

第五章　接受孤獨的方法

後記

第一章

為何孤獨與寂寞——劃上了等號？

何謂孤獨？

很多人害怕孤獨，尤其是孩童與年輕世代，我曾接觸過幾次暢談這種事的人與書，但和我碰面、交談的人當中，爲孤獨煩惱的人卻很少，而且程度都十分輕微。我不清楚關於孤獨這件事的整體、平均資料，但至少在我知悉的範圍內，當我問他們爲何如此害怕孤獨，幾乎所有人都回答：因爲孤獨讓人感到寂寞。

或許在一般人的認知中，孤獨與寂寞劃上等號。認爲孤獨很快樂，孤獨很有趣的想法肯定極少。

首先，我想探討的是孤獨爲何與寂寞劃上等號，但必須先大致定義孤獨究竟爲何。

我想，每個人對於孤獨的認知多少有些差異，有些人認爲孤獨是沒有朋友，有些人則是覺得明明和朋友在一起，卻感到孤獨。雖然是兩種完全不一樣的感覺，但個人認爲後者比較接近，意即**當一個人感到孤獨時，一定會意識到別人的存在**。

「沒有朋友」這句話有各種意思，可能是從來就沒有朋友，或是以前有而現在沒有，這兩種情形截然不同。若是後者的話，爲何現在沒有呢？可能是周遭朋友都先去了另一個世界，只有你還活著，也可能和朋友大吵一架，從此老死不相往來。

孤獨意味著得到自由

獨居老人在無人聞問的情況下死去，被稱爲「孤獨死」，這字眼出自大力渲染親情與友情有多麼重要的媒體之手，其實他們根本不瞭解什麼是孤獨。

孤獨與死亡無關，逝者也許在臨死之際，還做著自己喜歡的事。所以擅自將這情況定義爲「孤獨」，著實無知至極。或許有人希望能在家人的陪伴下，嚥下最後一口氣，但死了肯定什麼都不曉得吧。況且現在不少人都是在醫院昏迷一段時間後，才告別人世。

公貓臨死前會突然消失無蹤，不想讓人瞧見牠的屍體，這樣的死法很壯烈，不是嗎？要是可以的話，我也希望能一個人默默地死去，所以非常贊同用孤高的迴響來形容「孤獨死」。我想，這就是所謂「有尊嚴的死去」。

在小家庭當道的現今日本社會，鮮少有子女與父母同住，愈來愈多父母不希望自己成爲子女的負擔，這是許多人希望的形式，也蘊含尊重個人自由的意志。

因此，孤獨死是誰都有可能面對的情景，毫無理由恐懼，反正死了，也就沒了孤獨這回事。已婚者或許有另一半陪在身旁，但總有一天還是會回歸單身，或是人活著卻失去意識，無論你擔心與否，**每個人最終都得面對孤獨**。

接受孤獨，意味著得到自由。親朋好友在身旁時，難免得配合別人的步調，無論是愛情還是友情，雖然有愉快的時候，卻束縛著彼此，也就是「羈絆」。所謂「絆」，是爲了防止家畜逃跑，用來綁住牠們的腳的繩子。家畜不孤獨，卻失去自由，**要是斷了羈絆，便能得到孤獨與自由**。

被羈絆束縛的現代人

畏懼孤獨、討厭孤獨的人，毫無例外都是被羈絆束縛的人。我想，肯定有人反駁：「這世界不是你想得那麼好混，你得向人低頭、忍耐，爲了生活，不得不爲五斗米折腰，所以你需要伙伴、需要家人，無法獨活。」但這番說詞在我聽來，根本是被縛住的家畜在極力抗辯。

當然，不得不承認部分的確是現實，很難將羈絆斷得一乾二淨，**但希望至少心是自由的，爲自己而活**。雖然我們要感謝家人好友的陪伴與支持，但這樣的關懷絕對不是必要的，**爲了自己的自由而活，才是生存之道**。因爲要是不這麼想，勢必成了滿是「怨言」，一點都不有趣的人生。

其實，應該不少人在不知不覺中，感覺孤獨與自由十分相近。好比近來不婚族愈來愈多，理由不外乎是「想活得自由」，雖然他們不會說「想活得孤獨」，但兩句話的意思是一樣的，只是換個說法，給人的印象便截然不同，不難想像「孤獨」這字眼給人多麼負面的感覺。

此外，頂客族也是逐年增加，看來美化家庭的宣傳即將失效。這年頭成了因爲憧憬虛構的美好而步入紅毯，結果輕易說離婚便離婚的時代，也成了誰都能散佈資訊的網際網路社會。就經濟層面來說，當然希望大家都能結婚，增產報國，才能拓展市場，景氣方能好轉。所以媒體不會告訴大家，養家育兒有多麼煩人、辛苦，只會不斷重播愉快的片段，告訴大家這才是人生。這就是導致「孤獨」成了多麼負面、不堪之事的主因。

人們無意識地渴求孤獨

許多人開始察覺自己身處的世界，有許多事物是虛構的。爲何不婚族愈來愈多？爲何不想生育下一代的女性變多了？經常可以看到討論這些社會議題的報導。雖然大可歸咎社福政策不夠完善等原因，但相較以往，制度顯然周全許多。那麼，爲何以往什麼援助都沒有，卻不會迸出這些問題？

因爲不是大家庭，沒有親友可以幫忙照顧孩子，托育機構不足，產假和育嬰假等制度不夠周全，縱使可以找到這些理由，但都不是主因。說穿了，就是強調結婚生子才是「幸福人生」，如此過於美化的虛構崩壞罷了。爲何不能活得更自由？即便孤獨，也想過著自己想要的人生，只是因爲愈來愈多人有此覺醒，我認爲這是一種非常自然的演變。

離開家鄉，到城市發展，有了自己的小家庭，或是過著單身生活，人生之所以能有各種選擇，是因爲許多人期望如此，並非時代關係，也非生活環境所致，一切只是朝著人們希望的方向發展而已。不是因爲小家庭缺人手養育子女，而是哪怕捨棄養兒育女的念頭，也要追求屬於小家庭的自由。

這一切足以說明，當人們生活無虞，接著就是追求「自由」，而**絕大部分的「自由」，近似以往稱爲「孤獨」的生活形態**。

人們遠比以往更容易接受「孤獨」，幾乎沒有任何物理性障礙，尤其生活在都市中更是如此。畢竟在鄉下多少還是會受制於人際關係，或是不得不遵從的傳統習俗，但這些不合時宜的規矩總有一天會消失。要是不去除這些不自由因素，鄉村人口只會不斷流失，所以要想解決這問題，唯有接受城市的價值觀，也就是都市的自由。

這種說法，勢必招來反對聲浪。我不是在聊「期望」一事，而是談論現況。個人覺得鄉下還是保持原貌比較好，這是出於個人情感，但現在不是在談個人好惡，也非評論好壞，只是道出大衆期望的方向、社會氛圍的轉變。

鄉村有著人情的羈絆，城市則是孤獨的集合體。城市裡有舊市區的溫暖人情，也有新街區的冷漠，這是媒體最喜歡玩弄的題材。或許眞是如此，但實際情況是，人口不斷從鄉下遷居城市，日漸沒落的舊市區無法招來想要有一番新作爲的人，許多人的期待始終與媒體的宣傳背道而馳。宣傳說穿了，就是一種大喊：「現在這個最熱銷哦！」的銷售行爲，所以宣傳並非現實，而是一種願望。

之所以我們感受到孤獨

倘若是一出生便從未和別人接觸的特殊狀況，也就沒有朋友的存在，無從認知什麼是朋友。要是沒讀過書，恐怕連朋友這字眼的意思都不知道吧。試著想像在這種情形下，感受得到孤獨嗎？

恐怕打從出生就是獨自長大的人（也許有家人），因爲沒有和朋友相處的經驗，也就感受不到沒有朋友的寂寞感。一旦有瞭解外界的機會（透過書或電視等），或許會憧憬有朋友陪伴的樂趣。但若是「憧憬」，便只能從有限情報中，囫圇吞棗地接受友情很美好的說法，懷疑自己的境遇是否已經到了悲慘的程度？就像我兒時看過一本名為《月球旅行》的故事書，現在的我不會因為沒站上月球，而感到寂寞，只是夢想自己要是有一天能登陸月球該有多好。換言之，我認為即便存著要是交到朋友就好了，好像很快樂的念頭，但因為現在沒有朋友，所以一點也不覺得孤獨、寂寞。

有家人也是一樣，好比從小就沒有父親，倒也不覺得很寂寞（也許被周遭人灌輸「沒有父親很寂寞」的想法，才覺得寂寞吧）。

但我認為母親這角色不太一樣，因為人類有渴求母愛的本能，對於「猶如母親般的存在」產生依賴的欲求。不只人類，動物也是如此，像是牠們會將初見之物視為母親，而且基本上，任何動物幼時都很溫馴，長得很可愛（其中也包括個人認為很可愛的主觀意識）。就像「母性本能」這字眼，意思是看到幼小生物時，會像母親一樣，心生保護之心，反過來想，幼小動物應該也有尋求母親的本能（這也可以稱爲「母性本能」嗎？）。以哺乳類動物爲例，因爲是由母親授乳，所以是一種近似求生的本能。一旦失去母親，感受到的不是「寂寞」或「悲傷」，而是「恐懼」自己將死。

像這樣稍微思考一下，便明白之所以感到孤獨、寂寞，不只是因爲沒有朋友，而是因爲體驗過有朋友相伴的溫情、結交朋友的樂趣。說得簡單明瞭些，**之所以感到孤獨，是因爲體驗過不孤獨的感覺**。

之所以沒有朋友而覺得寂寞，是因爲曉得與朋友相處的樂趣，一旦失去就會出現這種情感。或許可以說，寂寞本來就是顯示這種變化（陷入寂寞情緒）的指標，但並非出於本能。就像不會將剛出生的嬰兒吵著要喝奶，解釋成他很寂寞，因爲和我們所談的孤獨是兩碼子事。

爲何我們感到寂寞？

那麼，爲何失去朋友會覺得寂寞呢？

莫非脫離朋友圈也是一種生存危機，因而意識到寂寞這種負面情緒？若是如此，**打造群體就是人類的本能**。但現今幾乎沒有自己一個人便陷入生存危機的例子，反正就算被周遭人捨棄，只要沒有孩子，還是能勉強過活。然而，對於生存一事產生的危機感，可能會助長負面情緒，這一點不容小覷。意即自己的恣意想像，就是痛苦的根源。好比霸凌事件，孩子可能本能地感受到生存危機似的警訊，即便長大成人後，內心還是殘存這種情感。

說得再深入一點，倘若覺得寂寞，是因爲失去朋友，我發現這定義並不適用所有例子。前面提到若是完全沒有結交朋友的經驗，就不覺得沒朋友很孤單，也提到有些人只能藉由書或電視媒體，憧憬友情這東西。有些人藉由與自己年紀相仿之人的行爲，假想自己也有同樣經驗，甚至有孩子認爲電視節目演出的一切才是眞實世界。換句話說，經驗的眞實程度依個人情況，有著極大差異。

你我多少都有想像自己和某人成爲朋友的假想經驗，是吧？其實對方沒有意願，只是你一廂情願，不少孩子都有這樣的經驗，一點也不稀奇。對於這樣的孩子來說，假想經驗趨近於現實，所以這也是爲何覺得寂寞的因素。

總之，寂寞這情感是稱爲「失去」的一種遺憾，而且失去的東西要是和自己很「親密」，就會陷入「孤獨」。

失去是一種寂寞，這根源就是一種生存危機吧。只是迄今尚未有人意識到。失去所有物、時間等，那一刻的喪失感是導致寂寞與悲傷的主因，而且越是容易回復，受傷的程度越小，反之，越是明白無可挽回，受到的精神衝擊越大。

關於寂寞的條件

失去某種特定東西，好比物品、人、時間等具體對象時，就算覺得悲傷，也不會立刻萌生寂寞、孤獨之類的情感，只是覺得深受衝擊，情緒起伏很大而已。

譬如，最愛的人因爲車禍之類的意外喪生，突然失去他的那一刻，你不會覺得很孤獨，而是深受打擊，悲傷不已。由此可見，**寂寞與孤獨是在衝擊結束後，也就是幾乎回到平常生活時，才會顯現的「情感」，也可能因爲某個觸發而突然感受到。**

也可以說，就算失去的對象已經離自己很遠，寂寞與孤獨卻以抽象化的情感殘留心中，而且隨著喪失感的一再湧現，寂寞與孤獨感也越強烈，一旦心想：「我已經失去一切。」便很難抹去內心的寂寞與強烈的孤獨感。

當一個人喪失具體對象時，內心只剩抽象情感，勢必很痛苦，無法輕易抹滅。而且這種抽象情感將成爲人的本性，一直盤踞在人格最中心的部分。

隨著年歲漸增，寂寞與孤獨感成爲人的一部分，就像臉上的皺紋只會愈來愈深，不會消失。而且不必化爲言語，只要從那個人的言行舉止便感受得到，能想像對方「是否經歷過什麼」。換言之，這種感覺出於人性，因爲自己也有類似的情感，就算彼此受傷的程度不同、具體對象也不一樣，還是感受得到。

爲了不寂寞，我們究竟失去些什麼？

那麼，試著思考究竟失去什麼吧。

好友成群、有深愛的人、可以信賴的人幫助自己，諸如此類，試著想像不同於孤獨的各種狀況，你的腦中肯定先浮現氣氛歡樂的情況，是吧？像是宴會等場合，一群人聚在一起，不知爲何讓人覺得很快樂，感覺自己身處非常棒的環境。但你有沒有想過，這是爲什麼呢？許多人聚在一起，就會變得「很熱鬧」、「氣氛融洽」的理由又是什麼呢？

首先，身處團體讓人不由得感受到伙伴意識，也就是「安全感」，這也是一種本能吧。就像人往大城市聚集，是因爲覺得待在人群中比較安心，比起孤伶伶一個人溫暖多了。

只要去一趟鄉下就明白了。不只日本，在國外也是，鄉下地方都是一處處村落——也就是「群居」。明明多的是土地能利用，房子之間大可隔著一大段距離，但不知爲何，家家戶戶還是比鄰而居，集中在狹窄範圍內。雖然是基於有水、有道路等便利性考量，但在科技發達的現代，根本毋須被這些條件束縛，人們卻還是住在所謂的住宅區，大廈之類的集合住宅。

我常常在想，難道不能和隔壁人家離得再遠一點嗎？在近到能聽見鄰居家動靜的環境中生活，著實不可思議。當然地價昂貴，買不起鄉下地方那麼寬敞的地是個原因，但我不認爲都是基於如此「無奈」的因素。

以大廈爲例，如果一棟大樓有很多空屋，安全性不是堪慮嗎？應該很少人會想說人不多才安靜吧。這道理就像周遭人不再理會你，通常會反省自己是否做錯什麼。

畢竟人類是群居動物，正因爲有此自然的習性，才會萌生「熱鬧」這個概念，而熱鬧的相對詞就是「寂寞」。

這是理所當然的吧！你到底想說什麼啊？肯定不少人會這麼想。

我想探討的是，關於以「本能」囊括一切的「支配」，也就是以「人就是這麼一回事」如此膚淺的瞭解，不知束縛了多少人，讓他們失去自由。我並不想對於「反正就是這麼回事，也沒辦法」的主張提出任何反駁，只是質疑：「選擇這樣的生活方式，眞的是迫於無奈嗎？」、「人類眞的無法脫離這樣的生活型態嗎？」

人類社會之所以發展至此，是因爲比起本能，更重視「思考」的關係。本能是一種「慾望」，縱使不曉得理由爲何，還是想這麼做，而「思考」就是抑制這股慾望，也是人類獨有的部分。不能凡事都依自己的喜好，任性而爲，必須與周遭人磨合、協調，構築現今的文明與文化。即便是個人也不會被眼前的慾望囚縛，而是放眼將來，有計畫的行事，如此態度也是人類獨有的生存方式。這些均非出於本能，而是違背本能的行爲，說是人之所以爲人的價值也不爲過。

因此，人多感覺熱鬧，朋友相伴令人開心，應該也能以思考抑制這些慾望才是。關於這一點，容後詳述，基本上還是和「孤獨」脫離不了關係。

「思考孤獨」這件事並非出於本能，人類以外的動物也沒有這等能耐。我想，人類之所以具有思考力，是因為人類有尊嚴，所以**在基於情感（本能）討厭孤獨、全盤否定孤獨之前，先試著思考是很重要的事。因為光是思考孤獨這件事，就是別具價值、很有人味的行為。說得更誇張些，思考孤獨是身為人活著的價值，也能幫助你思考今後的人生**，至少我是這麼認為。

為何我們被教導當個「乖孩子」？

接下來，我想針對除了本能的感受之外，繼續探究因為認為自己處於「很糟的狀況」而感到寂寞、孤獨的原因。

雖然我們無法迴避討厭孤獨的本能感受，但比起食慾之類與生存有關的慾求，顯然感受沒那麼強烈。嬰幼兒時期當然也會討厭孤獨，而且這種感受能促使我們長大懂事後，根據經驗做出符合社會要求的判斷。就像小孩子以哭鬧方式表達自己的欲求，但吃了幾次閉門羹之後，便明白這麼做沒有用，根本無法達到目的。明明寂寞與孤獨感也是如此，爲何我們卻認爲這兩種感受並不會威脅生存呢？

大多數人從小被灌輸合群是一種美德的社會價值觀，就像上幼稚園，美其名是培養良好生活習慣，其實是被迫和一群同齡孩子做同樣的事，只因我們從小被教導無論是再怎麼微小的力量，只要團結便能成就大事，而且一定要守規矩，聽從別人的教誨，配合著大家的步調，切忌任性妄為，這些都是成為「好孩子」的條件。

教導孩子當個「好孩子」是有價值的，只能說這種心態令人匪夷所思。雖然狗兒也很吃這一套，其他動物就不見得了。也就是說，只要摸摸頭，說句：「好乖喔！」就是一種獎勵，這在自然界可是稀奇之事。但其實並不僅止於狗兒，一般（也就是許多動物）為了得到什麼利益（可能是食物，也可能是逃離危險），也會當個「好孩子」，就像馬戲團裡的動物為了食物會乖乖表演，一被鞭打就乖乖聽命。

但幼稚園小朋友可不會為了點心而想當個「好孩子」，當然人類的小孩之所以覺得當「好孩子」有價值，是因為能得到大人和周遭伙伴的認同，因為這種「被認同」的感覺很重要。追本溯源，就是出於動物慣於群居的本能，但我認爲單憑這一點並不足以說明，爲什麼呢？雖然多數動物慣於群居，但「當個好孩子」的價值觀，除了寵物之外，並未在野生動物身上得到任何應證，或許猿猴之類的動物有這樣的價值觀吧。可惜我沒有飼養猿猴，也沒有觀察成群猿猴的經驗。

我們都渴望得到別人的認同

我們之所以知道當好孩子，內心會有一種快感，是因爲處在周遭（小社會）認同自己的狀態下，也就是有利於生存。雖然我定義成「自己的存在得到認同」，但不光是意識到這點，也有身爲群體一員的自己，被認同「有助於群體」、「能爲群體帶來利益」，而非敵對的意思。

孩提時代最常發生的事，莫過於「認同」的相反——「無視」，爲了逃離這個最糟糕的狀況，只要能「得到認同」，無論以什麼方式都行，因爲如此才會出現叛逆期也說不定——意即就算有點不擇手段，也想得到認同。然而一旦情緒失控，便怪罪世人卻無視自己，萌生反社會的念頭，淪入只因爲得不到別人關愛的眼神，便訴諸暴力的行爲模式。

因爲渴望得到別人認同的欲求，也是「自我」存在理由的基本要素，所以不難想像這個要素有時會凌駕一切。這個要素有各種名稱，像是身分（identity）、自我等，雖然只是個詞彙，卻含有凝視自我、只有自己能判定一切的意思，不僅如此，也是初次意識到他人存在，想像「別人如何看待自己」的出發點。

想當個好孩子的造反心態

當周遭有人認同自己時，無疑是替自己注入一劑「強心針」，這與生存一事無關，而是一種精神慰藉。

「好孩子」並非一開始就是「社會公認的好孩子」，而是「對某個人來說是好孩子」，也就是限定於某個對象，絕大多數是父母、或是年紀稍長的前輩、老師與朋友等，逐漸拓展。藉由逐漸拓展認同自己是「好孩子」，打造自己在社會上的「棲身之所」，這行為類似動物築巢，再以此爲門道，逐漸擴張勢力範圍。我們被教導這行爲是非常了不起的生存方式，還能增進利益（期待值），也就是做自己喜歡的事。

隨著年紀漸長，人生已過了大半的人，不再看重當個「好孩子」的感覺，**因爲他們明白就算不當個好孩子也能活下去，我認爲這是人們開始意識到生存危機的證據**。換言之，十幾歲的年輕世代還摸不透「社會」的眞面目，也不清楚自己有什麼可塑性，只覺得周遭都是大人，社會似乎是個龍爭虎鬥之地，所以他們不敢忤逆可怕的大人與社會，選擇以當個「好孩子」防衛自我，擔心要是不這麼做，自己可能會遭到社會抹殺，人生被糟蹋。

沒能成爲乖孩子的人爲了逃避這股不安，索性躲進有同樣煩惱的小團體取暖，尋求棲身之所。一個人要造反很難，要是有同伴一起發難，便有可能成功造反，反正就算當不成一般社會認同的「乖孩子」，也能在「壞孩子」堆裡當個「好孩子」。看似造反，其實還是做同樣的事，這件事就是「學會察言觀色，避免離群索居」。

孤獨是由自己一手打造的

話題拉回寂寞與孤獨，更貼近本質來思考——失去伙伴與朋友的結果，就是失去「認同自己」的存在。因此，就算伙伴與朋友還在身邊（即便是物理性存在），當明白自己得不到他們的認同時，也算是失去。

搞不好這股喪失感是人腦的想像力引起的，要是其他動物，只要身邊有同伴、朋友或家人，就覺得安心吧。但人類是那種就算身邊有一大群人，要是得不到他們的認同，就會感到寂寞的動物，彷彿像失去他們似的。

有一點很重要，**那就是得不到別人的認同是出於主觀判斷**。

當然，要是對方明確告知：「我不認同你！」或許就是客觀判斷。

然而，如果認爲這句話是對方的眞心話，還是出於主觀判斷。

言語是人類具有的一種溝通手段，說是人類最主要的特徵也不爲過，要是無法以言語溝通，人類的行爲近乎停擺，但縱使如此，還是無法保證話語是否出自眞心，畢竟說話者可以故意說謊、表達錯誤、不經意地脫口而出或反駁等，造成溝通上的誤會。問題是，我們實在難以得知對方的眞正心意，頂多只能從對方的行爲判斷是帶有好意還是敵意。

因爲判斷別人不認同自己，多是出於主觀意識，也就成了誘發寂寞、孤獨感的因素。這時，即便身處群體也覺得孤獨，就像生活在人口稠密的都市，也會孤獨感襲身，足見基本上，**孤獨是由主觀意識打造出來的狀態**。

當然，也有稱不上是主觀意識作祟的情況。長大成人、步入社會後，因爲有法律約束，極少受到來自他人明目張膽的傷害，但小時候可就不是這麼一回事。也許身邊就有那種突然會朝你暴力相向的人，而且對方還有動手的理由，像是「看你不順眼」之類的藉口（這種人長大後，搞不好也是素行不良的傢伙、地痞流氓），對方也是出於主觀意識，判斷別人對自己有「敵意」，而採取先發制人。畢竟遭到別人的惡意攻詰，任誰都會想說：「那傢伙就是看我不順眼」，也就是得不到對方認同，或許這樣的情況比較接近客觀意識。

伙伴意識是霸凌的基本成因

我雖一直在大學任教，卻沒有進一步和學生深入接觸，但我知道班上的確有學生被霸凌。在我這個世代，霸凌是很普遍的現象，而且要說哪一種人最容易成爲霸凌的對象，就是那種「看起來好欺負」的傢伙吧。但是好欺負不是指個性老實溫順，也不是身體孱弱或是身體有殘缺的人。

我國中、高中都是讀男校，因爲清一色是男生，所以打群架打到頭破血流，根本是家常便飯，但還不到被師長叫去訓一頓的程度，因爲出手的一方知道鬧得太大肯定會出問題，所以會適時收手。

而且動手的人不見得是壞學生，往往是那種有正義感，不知裝傻、變通，個性認眞的人，所以充其量只是男孩子之間的爭執，稱不上霸凌。

小時候的我個頭矮小，體弱多病，常常請假。升上國中後，曾被行爲有點粗暴的同學突然勒住脖子，那時我使盡全力抵抗，迫使對方痛得大叫、鬆手。也許知道我會反抗，從此他再也沒有對我動粗。後來有次考試，他偷看我的答案，結果考得很不錯，從此便主動向我示好，這情形也算是一種社會縮影吧。孩子之間也懂得以「力」來測試彼此。

與其說霸凌者在團體中扮演「好孩子」角色，不如說他能掌控團體氣氛。而且霸凌者極少孤單一人，身旁總是圍繞著伙伴，藉以彰顯自我。

國中時的我參加過不少運動社團，最先是參加劍道社，但沒有結交到特別要好的朋友，我想應該是沒有多餘心力吧。後來又加入健行社，不但持續好一陣子，也交了幾個朋友。但運動社團的活動多，我的體力實在負荷不了，所以每次活動結束後，精疲力盡的我總是趕快回家休息，根本沒力氣和朋友交流。

升上高中後，我參加了幾個非運動類的社團，其中以電波科學研究社待得最久，足足待了三年。在社團可以自由使用無線電通訊機器（當然要通過國家考試，取得證照才能成為玩家），也交到一輩子的朋友，因為彼此有共通話題，說是友情，更像在交換情報，也讓我明白擁有技術與情報力，便能贏得伙伴的認同。

獲得別人認同的手段

我想，社會上也有很多這種情形才是，除了當個「好孩子」之外，還要有贏得周遭人認同的手段，那就是擁有別人沒有的東西，而且這東西一定要是對別人有用的東西。總之，就是讓自己成為「有用的孩子」，而不是「乖孩子」。

現今有所謂的御宅族，阿宅們也希望得到伙伴的認同，我就認識幾個這樣的朋友。好比看起來不太起眼的傢伙，其實很會畫畫，這和「有用」的定義不太一樣，算是「很厲害的孩子」。這些很厲害的孩子十幾歲開始冒出頭，憑藉「自身擁有的才能」得到他人的認同，即便不是對於別人有用的才能，但只要得到同為御宅族的伙伴認同，在團體裡佔有一席之地就行了。

因為得到他人的認同、受到別人的稱讚而開心，就是在乎客觀價值的證據。**自我評價不是靠自己便能訂立的東西，換言之，你已經逐漸明白自我滿足是一件很空虛的事。**而且比起被父母誇獎，來自陌生人的讚美更令人開心，因為比起家人，他人離自己比較遠，更為接近一般社會。我們之所以無意識地希望自己在社會群體中成爲「受到大家讚許的人」，是因爲我們覺得這麼做，社會便能成爲舒服的棲身之所。

像這樣因爲「某項專長」而得到棲身之所的人，或多或少都曾被深不見底的孤獨感襲身吧。縱使範圍再怎麼小，只要有一處認同自己的地方，便能作爲安身立命之所，所以我們不可能和他人「毫無關係」。那麼，該怎麼做才能讓自己一直很厲害？甚至變成更厲害的人？譬如，以優秀課業成績成爲「厲害傢伙」的學生，明白埋首學問才是確保棲身之所的方法；以運動見長的「厲害傢伙」，知道怎麼做才能讓自己變得更厲害。這樣的「厲害」並不是針對特定人物的「人際關係」，而是以淺顯易懂的方式得到更客觀的評價，或許會遭逢困境，但絕對不會不知如何是好。

團體中的好孩子類型

另一方面，在較爲淡薄的群體關係中，有時「好孩子」反而比較容易割捨與群體的聯繫。因爲「弱勢的好孩子」在淡薄的群體關係中，只是一個可有可無的存在，基本上也只和幾個比較親近的伙伴要好，所以當這樣的「良好人際關係」移轉到其他群體時，是否能立刻融入，著實令人存疑。

雖然同樣是「好孩子」，個性鮮明的「強勢好孩子」大多具有一股魅力，就算跳槽到其他團體也能馬上與別人打成一片，成爲團體中的領導人物，甚至另組新團體。這時，習慣察言觀色、隨波逐流的「弱勢好孩子」必須面對自己在團體中無足輕重的事實，和團體之間也只是「孽緣」般的關係，而且因爲沒有「有用的孩子」、「厲害的孩子」那種無可替代的獨特性，所以隨著時間一久、環境變化，便容易被團體排除。

但是倒也不會被明確告知，只是伙伴們逐漸疏遠罷了。當然想見面的話，還是會見面，想聯絡時，也還是會回應。但隨著關係逐漸疏遠，找個理由斷絕往來的機會升高，這時就會感受到「寂寞」與「孤獨感」。

即便自己擁有的是比較偏執的專長，也能讓周遭人見識到自己的「有用」和「厲害」之處，光是這樣便能逃離孤獨感，也沒必要和朋友碰面。**只要不斷磨練自己的個性與才能，便能為人生創造價值，還能遠離「寂寞」**。也就是說，只要成為「更有用的傢伙」就行了。抱持著成為「更厲害的傢伙」，讓周遭人無法忽視的信念，如此一來，不但能得到精神上的安定感，也能愉快享受自己想要的人生。

小酌的那種孤獨感

述及此，應該逐漸瞭解寂寞與孤獨會在什麼樣的人、什麼樣的情況下出現吧。

雖然不太恰當，但還是舉飲酒一事爲例。

喜歡喝幾杯的人不只喜歡酒，要是只喜歡酒的話，大可每天在家裡小酌一番，也不會讓周遭人知道自己「愛喝酒」，可見大多數酷愛杯中物的人，都是喜歡呼朋引伴的買醉。

好比一群人聚在一起喝酒，眞的非常熱鬧、愉快，加上酒酣耳熟，心神飄飄然，感覺更愉快也說不定。但是當熱鬧的聚會結束後，一個人走在昏暗的回家路上，竟然湧起令人難以忍受的孤寂感，之前的歡愉氣氛彷彿泡沫經濟般瞬間消失，難受得讓人想逃避這種感覺。

於是，你又邀大夥續攤，只要這個提議成立，又能找回歡愉感。因爲想喝一杯的心情達到最高潮，所以這時的你覺得不想續攤的人不夠意思，願意續攤的人才是眞正的朋友，當然這種感覺只是出於一時喝醉的幻想、誤會（酒醒後應該就不會這麼認爲）。

有些人覺得與其一個人孤伶伶的，不如喝得爛醉，這樣才是劃下句點的最好方式，或許這麼想也沒錯。因爲要是不這麼做的話，當歡愉時間消逝後，就只剩孤寂了。

當然也有人是隔天酒醒後，才感到孤獨吧。像我的一位朋友每次聚會後的隔天，都會向大家一一賠罪，因爲要是沒看到大家笑著對他說：「幹嘛道歉啊？沒事、沒事。」便無法抹去內心的孤寂感。

對於選擇不續攤的人來說，比起一時的歡愉，更看重自己的時間、家人等現實生活的樂趣，因爲他們知道聚會喝酒只是一種「虛構」的歡愉，所以能笑著說：「今天喝得眞痛快啊！明天見囉！」然後爽快道別離去。反觀缺乏現實生活樂趣的人，一來很怕從方才的歡愉中抽離，二來擔心自己被排擠，雖然又要花錢，也沒那個酒量，還是選擇續攤。

即便明白這樣的歡愉是「虛構」的，但只要幾杯黃湯下肚，就不覺得眼前的歡愉很空虛，相信這裡才是眞實世界，才有眞正的友情，所以這種人永遠不會拒絕續攤的邀約。

失去虛構世界的孤獨感

我想繼續談談飲酒一事。其實就算不喝醉，也會發生同樣情形，意即有些人就算不喝酒也會醉。就像我們沉浸於小說、連續劇等構築的虛幻世界，也會以現實爲基礎，享受自己想像中的虛構世界。或許投身幻想中才能感受到幸福，然而當虛構世界瓦解時勢必受到打擊。

唯有架構在別人身上的虛構，才有崩壞的一刻，存在於自我內心的虛構，不會輕易崩壞。因爲依附他人而活，一旦別人的行爲有別於自己的想像，虛構便無法成立，有些人甚至因爲虛構崩壞，而遭受致命打擊。

重要的是，當一個人遭受打擊時，也就是感到寂寞與孤獨時，是否能試著思考自己究竟失去什麼樣的虛構「樂趣」？視情況而定，也許只有一個特定原因，或是好幾個不明原因。

還要深入思考的是，這樣的「樂趣」是否原本就存在？

基本上，**思考是一種自我救贖**，雖然我們常勸別人「不要鑽牛角尖」，但我有不同的看法。所謂「鑽牛角尖不太好」是只思考一件事，而且是滿腦子只想著這件事，所以**多方思考很重要**，我相信無論任何情況，動腦思考能帶來好結果。

思考孤獨是身為人活著的價值，

也能幫助你思考今後的人生。

第二章

寂寞真的那麼不堪嗎？

可以感受到孤獨，是身而爲人的能力

第一章論述失去樂趣是寂寞與孤獨感的原因，也以「慣於群居是動物的本能」爲推論根據，探討個人想像的虛構樂趣與現實之間的差異。由此觀點看來，爲何「寂寞」與「孤獨」給人負面印象，顯然是因爲覺得對於自身不利。

縱使如此，本章還是想探討「寂寞爲何讓人恐懼」這一點。爲什麼呢？因爲像是「總覺得有點寂寞」這樣的情感，雖然不是什麼大問題，卻不乏有人被寂寞擊潰，因爲孤獨而尋死。

如果這種情況意味著生存危機，那麼「飢餓」等情形也是生存危機，因爲飢餓遠比寂寞更接近死亡。然而，飢餓的人知道自己該怎麼做才能消除飢餓感，也是所有動物都具備的本能，只要有想吃的慾望，就會尋找食物。相較於此，「寂寞」極少由單純「想找個同伴」的念頭，直接連結到「找尋同伴」的行爲。這也是爲什麼「寂寞」的原因遠比飢餓複雜許多，而且很難輕易解決，總有不知所措的時候。

「寂寞」的原因並非單純只是有無「同伴」的問題，而是關係到更高層次的情感與意識，像是幼子找尋母親而哭泣的動物性行爲，或是情人不在身邊而感到寂寞，這一類的寂寞與孤獨感顯然比較單純，也有一定的解決方法。然而，人類懷抱的「孤獨」並非都是那麼單純的狀態，我想應該不少人能理解才是。任誰十幾歲時，多少都有孤獨感襲身的時候，二十幾歲踏入職場，即便感覺不是那麼明顯，內心多少還是感受得到。

講得明白些，**感受不到孤獨的人，就是欠缺身而爲人的能力，**

關於這一點，容後詳述。

人們畏懼孤獨的理由

明明與死亡並無直接關連，爲何大多數人如此畏懼孤獨？而且這類傾向以年輕人居多。顯然當自己不清楚社會全貌，也不明瞭自己與社會之間的關係時，內心湧現的孤獨感會深深影響自己，無法忽視。其實，我之所以想寫這本書，也是想能否稍微緩和莫名的孤獨感。換言之，我認爲主要是因爲自己不夠瞭解外在世界，以及狹隘的思慮而誘發孤獨感。或許戒除愛鑽牛角尖的習慣，試著稍微思考，就是擺脫危機性孤獨的方法。

寂寞確實會讓人處於負面狀態，使人心情不悅。時間一久，甚至愈來愈討厭自己，萌生「再這樣下去，不如一死」的悲觀想法。

但在這之前，我們應該試著思考，「寂寞」眞的那麼不堪嗎？為何寂寞是如此讓人厭惡的感覺？一定是像墮入地獄般痛苦嗎？

許多人面對這問題，會說：「沒辦法，討厭就是討厭。」這就是典型的「停止思考」，我認為這症狀遠比寂寞與孤獨來得危險。要是不思考，就不夠格稱為人，人之所以為人，就是因為會思考。因此，要是放棄思考的話，等於陷入無藥可救的狀態。

不知不覺間，覺得思考很麻煩，不思考反而樂得輕鬆。要想改變這種態度，建議先從思考簡單的事著手。

那麼，寂寞在你身上會引發什麼不好的事呢？

寂寞讓人哭泣，寂寞讓人失去幹勁，寂寞影響身體健康等，因人而異，會出現各種負面症狀吧。反觀快樂能讓人積極面對任何事，原本沉重的身軀頓時變得輕盈，健康不再亮紅燈。

這些都是觀察到的現象，或許有人認爲感傷流淚就是寂寞，失去幹勁也是寂寞的表徵。

但是仔細想想，正因爲我們先入爲主的將寂寞與不好劃上等號，各種負面情形才會表象化，不是嗎？我發現不少人甚至將「深思」也視爲「寂寞」，並極度扭曲。

寂寞的積極意涵

肯定有人想問：「那麼，寂寞有什麼好事嗎？」

就各方面來說，確實有。舉個淺顯易懂的例子，一般認爲「熱鬧」是好事，與之相反的「寂寞」是壞事，但這時的「寂寞」也可以說是「平靜的狀態」，就像宴會之類的場合很熱鬧，茶室的氣氛很安靜。相信大家都曉得「侘・寂」是日本傳統美學精神，也就是「清寂」、「孤寂」的意思。

走進深山大自然，能夠感受到城市沒有的寂靜，除了「孤寂」之外，沒有別的。對於人們來說，如此靜寂的環境非但不負面，還很重要。譬如，思索事情時，熱鬧只會讓人心煩意亂，或是解數學題時要是周遭朋友過於喧鬧，就是一種負面情形，不是嗎？

當然也有人認爲：「寂寞時（一個人身處寂靜的環境），要是思慮不停，東想西想，只會讓心情更陰鬱。」換句話說，這種人認爲：「身處熱鬧的環境，腦袋放空，什麼都別想就對了。」無怪乎大多數人覺得還是熱鬧一點比較好，讓我不免懷疑，莫非大多數人本能的希望停止「思考」這行爲嗎？

對於認爲思考是一件痛苦之事的人來說，或許寂寞眞的是相當負面的情緒，因爲不懂得活用寂寞的積極意涵。那麼，聆賞音樂時又是如何呢？當你想好好聆賞自己喜歡的音樂時，是否覺得周遭安靜一點比較好？

我認爲認眞聆賞音樂時的「集中精神」，其實近似思考。同樣的，埋首書堆、專注繪畫等，也是近似思考。**這些行爲的共通點就是屬於「個人的活動」，相當適合安靜環境**，畢竟在熱鬧環境下做這些事，根本無法集中心神。

像這樣換個角度思考，便能發現對於人們而言，其實寂寞與孤獨是非常重要的狀態。

不被「廉價的感動」所洗腦

回到前面提到的問題，我們爲何如此逃避「寂寞」？我再次思索，腦中浮現「洗腦」這答案。

恐怕這是一種利用人類本能感覺的手段，因爲我觀察到大多數傳媒都有誇大同伴有多麼重要的傾向，強調孤獨是一件非常痛苦的事，無論是連續劇還是卡通都在重複強調這樣的觀念。好比「親情」也是如此，反正對於傳播者來說，打造令人「感動」的技術非常簡單，所以廣泛被運用在社會各層面，而且只要注入感動的事物，便是絕對正確的。

無論是電視、電影、小說還是漫畫，都能接受這種「感動」，在我看來，當代社會充斥著這種廉價的感動，好比心愛之人死去是令人悲傷的事，唯有同伴能將我們從寂寞中拯救出來，如此老套的「感動」何其多，而看多了這種感動的接收者也就反射性的流淚。見到有人去世、哭喊的場面，親子、情人被迫分離的場面，流淚是很自然的事，但這時的淚水並非「感動」的淚水。常見影視作品以「令人嚎啕大哭」作為宣傳賣點，要是認為讓人哭泣的作品就是好作品，可就大錯特錯。因為無論是誰都能讓別人哭泣，這和被近似暴力的外力觸及時而覺得疼痛，一樣都是出於單純的反應。

然而，沉浸在充斥「廉價的感動」環境中的人們早已被徹底洗腦，接受這些被刻意美化的感動。不願動腦思考的人更誇張，因為對這種人而言，被灌輸的東西成了奉行不悖的價值觀，深信不疑的常識。一旦不想動腦思考，這些廉價的感動便成了「普遍」

又絕對的東西，反之則覺得異常。

從這些被灌輸的觀念來看，孤獨成了必須排除的異常情感，正因爲被視爲異常，所以光是感受到孤獨，就有一種否定自我的感覺，我們卻從來不去思考如此奇怪的觀念究竟從何而來，這就是一大危機。

世界虛構了太多孤獨的刻板印象

當然，大多數媒體並非惡意塑造孤獨的負面印象，只是想倡導「友情的重要」、「珍惜親情的羈絆」等道德觀，也確實達到效果。相信不少人接受這樣的觀念倡導，朝著良好的人生方向前進，但是我們不能忘記也有例外的時候，意即一旦過於強調某個觀念的正確性，反其道而行的人便覺得自己一無是處，陷入絕望深淵。

歸根究柢，媒體一面倒的散布虛構之事才是一大問題。試問，媒體會播出描寫與親人、朋友關係疏遠的人也能堅強而活的故事嗎？教導大家即便被朋友、家人無情背叛，還是能獨自快樂生活嗎？正因爲媒體片面斷定人們不會正面看待這種事，所以這類故事只能用寂寞這字眼來表現。

縱使是少數派，也不能無視少數派的生存方式與價値觀。就算不認爲朋友與家人是人生最珍貴的寶物，也不能以心態異常論斷，更沒有理由說這樣的人一定很寂寞。因爲除了朋友與家人之外，這世上還有很多有趣的事、美好的事，我深深覺得人生在世，有時必須承認這樣的觀點並沒有錯。

雖然這樣的觀點並非普世價值，但就像有人一生窮究天文學，對於他們來說，計算數值、破解謎題比什麼都重要；又好比有人視雕刻佛像爲終身志業、傾注一切，看在一般人眼中，這種人孑然一身，沒有友情、親情的羈絆，人生肯定很寂寞、很孤獨。其實，當事人完全不是這麼一回事，他們活得很自在，每天開心度日，至少我就認識幾位這樣的朋友。在我看來，他們比一般人活得更快樂，更懂得謳歌人生，所追求的「自由」一點也不異類，反倒覺得他們活得更有人性、更有尊嚴。

更重要的是，活得如此自由坦率的人，不會滿腦子想著和別人競爭，懂得自制，不願造成別人的困擾，要是世上都是這樣的人，就不會戰爭頻仍，不是嗎？所以何必否定他們的生存之道。

感到孤獨是為了準備享受快樂

再試著深思一點吧。「快樂」與「寂寞」猶如光與影，無法單獨存在。透過自己與別人的觀察，應該不難理解這道理，那就是如同波浪起伏，有高峰，也有低潮，因為快樂，才會感受到寂寞，因為明白寂寞，才能感受到快樂。

請大家想像自己每天過著和一群人玩樂，四處跑趴的生活，感覺如何？應該無法一直過著這種生活吧。因為你也有想要獨處的時候。相反的，要是你一直獨來獨往，也會渴望有人陪伴。我們無法斷言哪一種情況好，哪一種情況不好，畢竟無論是熱鬧愉快的時光，還是靜謐寂寥的時光，都是必要的存在，不是嗎？正因為不偏向任何一方，才能體驗「活著」的樂趣，也才能嘗到痛苦過後的醍醐味。也就是說，**熱鬧過後趨於寧靜的這股變化，讓我們同時感受到「愉快」與「寂寞」**。我在前一章提到，所謂孤獨就是失去愉快的感覺，而失去的這股變化，成了感受寂寞的根源。換句話說，只有失去痛苦與寂寞，才能感受到快樂。

至此，應該能夠明白爲何我要探究寂寞爲何不堪的理由吧。「惡是來自善的變化，善是來自惡的變化」，如果寂寞是一種負面狀態，也是具有正面力量的負面狀態。

而且這樣的變化在我們有生之年，不斷重複，成了一種「波動」。**我們感覺寂寞、孤獨，是爲了準備享受快樂，就連「不堪」也成了我們屈膝朝良好狀態縱身一躍的瞬間**，雖然多少會伴隨辛苦與麻煩。

所以當你感覺「孤獨」時，表示快樂將至，只要這麼解釋就行了。唯有理解這一點的人，才能沉浸在「侘・寂」世界，從容以對，這也是一種「美」。

寂寞與快樂的起伏曲線

因爲我提出一些比較強硬的觀點，或許不少人覺得我是個善於表達的人。換個角度想，根本沒有明確根據足以證明寂寞不好。同樣的，也沒有明確答案可以解釋「快樂爲何」這個大哉問。例如，爲何與朋友在一起的時光讓你覺得很快樂？這是因爲你失去沒有朋友陪伴的寂寞時間。我認爲除了維持生命的本能之外，沒有任何答案可以解釋。

雖說情緒猶如浪潮起伏，但有些人也很煩惱自己總是吟味著孤獨感，絲毫沒有想改變現狀的動力。舉個稍嫌極端的比喻，要是這番話是出自被宣判死刑，囚禁獨居牢房的死刑犯之口，的確讓人無法否定，應該說很難否定（或許有人不以爲然）。但對於未被剝奪自由，可以隨心所欲使用時間的人來說，要想改變現狀，至少總會有個契機吧。就算現在的生活很無趣，還是能試著動腦思考，思考如何爲將來做些準備，光是像這樣訂立計劃，描繪將來的事，便能讓心情好轉才是。而且從開始具體實行的那一刻起，肯定更快樂，也就脫離了寂寞與孤獨感。

人類的情緒猶如浪潮，起伏不定，想像成「生理韻律」，或是科學理論所說如波浪狀的「正弦曲線」就對了。一般認爲最高處是快樂狀態，最低處是寂寞狀態，但我的看法不太一樣。人類天生具有稱爲「預感」的特質，當這條曲線往上攀升，在上下頂峰的中間，也就是由負轉正的時候，以及當這條曲線往下滑落，由正轉負的時候，這兩種狀態都是重新歸零。意即人類並非處於現在的狀態，情感正被目前朝著的方向「強勢」支配。所以一直處於權力頂峰的君王，會有高處不勝寒的感慨，而獨居牢房的死囚卻不會煩惱孤獨這回事（這充其量只是我的想像）。但是當這種狀況毫無變化地持續下去，也許會達到某種頓悟的境界吧。

影響情緒的變化值

圖1主要說明被情緒左右的是「速度」*。在此我將前一章提及的內容換個說法，希望大家將焦點放在要在何處使力這個問題上。

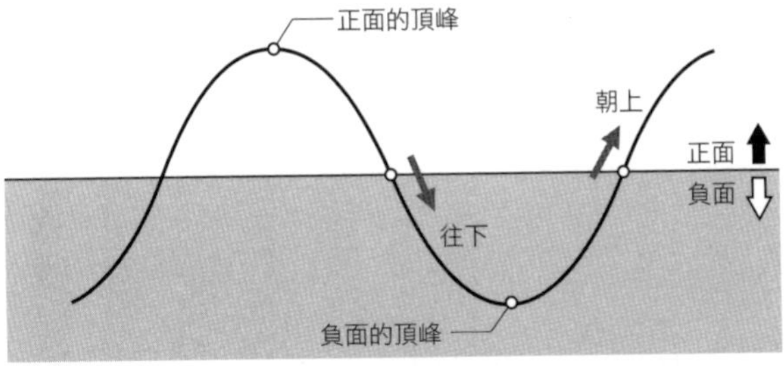

圖 1

根據牛頓力學的定義，「力」可以改變速度，而速度的變化就是加速。加速是將速度更微分化，從起初的「正弦曲線」變成「餘弦曲線」，以四分之一的週期交錯，再微分化「餘弦曲線」，又是四分之一的週期交錯，起初的「餘弦曲線」呈現上下顛倒（負面的餘弦曲線），意即盪至谷底時，必須使盡全力才能上昇，所以一施力，便能感受到莫大快樂，然

＊註：以數學理論來說，所謂速度，是以時間微分位置（不明白「微分」意思的人，亦可想成「變化值」）。

後在最大速度時，力度歸零，開始踩煞車（逆向之力）。

我曾讓小說裡的角色，說過這麼一句話：

「沒有人恐懼死亡，而是恐懼終將死去的人生。」

由此可以窺見人類的生活、人類的工作步調、以及所有事物的道理。當一個人跌至谷底時，會有一股「必須做點什麼」的衝勁，成了之後上昇的契機。而且在上昇最迅速時，因爲感覺「愉快」而滿足，也就不知不覺地將努力之力歸零。

當一個人處於寂寞的頂峰，孤獨的谷底時，精神最爲活躍，憂慮反而化爲一股動力。我的意思是，一直以來都很努力，只是這時的努力程度最大，所以就算處於負面狀態，也能慢慢地踩油

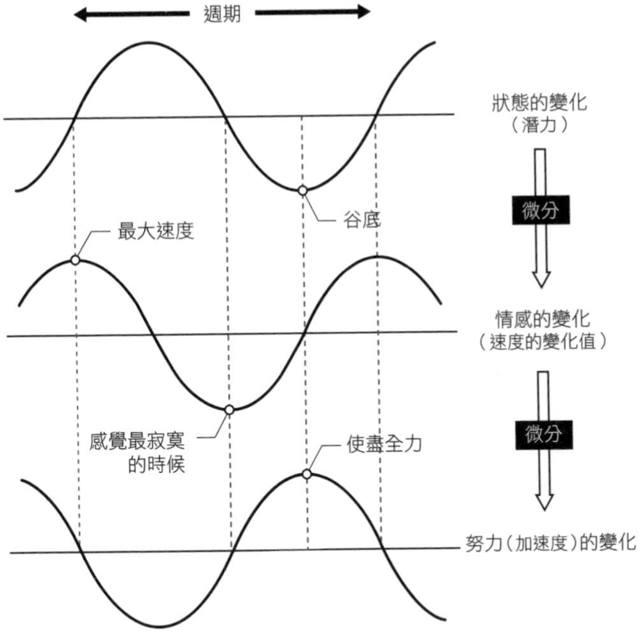

圖2

門，逐漸攀升。這時的你或許會一時大意，但不妨將一時大意視爲一種痛苦的學習。

由圖2也可以瞭解一件事，那就是有時處

於寂寞的頂峰時，根本無法努力。因爲當你覺得寂寞、孤獨時，沒有任何可以依靠的東西，所以一時半刻很難走出低潮。

生與死是生物的宿命

我希望大家明白一件事，那就是這樣的情緒起伏並非像生理韻律一般的週期性變化。「餘弦曲線」純粹只是爲了說明而用的圖形，實際的「情緒波動」應該是由許多餘弦曲線組合而成的複雜圖形，只是藉由思考這般變化值，多多少少可以捕捉心理方面的影響。

再次回到「爲何孤獨是不好的事」這個問題吧。藉由上述說明，可以發現當一個人感覺孤獨時，並非處於最糟糕的狀況，卻能預料今後將發生什麼麻煩事，意識到這時必須做點什麼「努力（施力）」才行。

對於動物來說，出力意味著消耗能量，感覺疲累。出力之後的疲累，有一種接近死亡的感覺，至少會變得沒有活力。此外，疲累一事與痛苦、麻煩劃上等號，所以人會出於本能地盡量避免疲累。

也就是說，寂寞對於自己來說，是一種情況不太好的感覺，恐懼即將消耗能量，從疲累變成麻煩，因而萌生不好的預感。

相反的，當你覺得「愉快」是一種良好的情況時，就會有一股放鬆感，身心得以休息，讓自己回復活力。

這麼看來，我們必須重新認識支配人類情感的兩件事，那就是生與死。因爲我們無法逃離「出生於世」，以及「終將死去」

的宿命。

孤獨是爲了讓自己自由

我不認爲因爲是無法改變的宿命，就只能悲觀看待。之所以會有這種感覺，只是出於條件反射，就算這種感覺不夠完美，也能靠自己的思考做某種程度的修改。也就是說，「寂寞」之所以不好的理由，只是因爲讓人聯想到死亡，只要明白死亡的眞貌，就不會那麼恐懼了。好比有人能心平氣和地觀賞暴力血腥的電影，就是因爲不管再怎麼恐怖的場面，他們也能視爲一種樂趣。

雖然有人認爲虛構的寂寞，與自身體驗到的寂寞截然不同，但後者根源於我們腦中對於死亡的模糊想像與預感，這不也是一種虛構嗎？

或許有人覺得爲了排遣寂寞，必須做點什麼，於是爲此傷神、勞苦，這不也是一種實質損害嗎？但如果你認爲這股寂寞感是虛構的，便能以轉換心情的方式，輕鬆解決這問題。

藉由深度思考，可以克服束縛自我的莫名情感，而且愈思考，心情愈愉快，也就讓自己越自由。我想，這大概是我最想強調的一點，也是本書最重要的一個主題。

之所以會有那麼多美化友情的連續劇、小說和漫畫，只是因爲這題材比較容易創作。像是如何自我救贖，好比個人興趣、哲學及知識等，都是比較難以戲劇方式呈現的題材，畢竟自我救贖只是一種象徵，戲劇還是要有角色登場，否則難以打造成一齣戲。

想想那些偉大的科學家和數學家吧。物理學和數學是讓他們活躍的舞台（現實），也代表他們的人生。思考對他們而言，是一件令人興奮的事，有著一般人無法體驗到的莫大樂趣。我之所以敢提出這番見解，是因爲我在研究過程中，也曾經體驗過類似感覺。

在這樣的情境中，不需要「他人」存在，蘊含獨自一人才能體驗到的感動，確信這是只有人類才能達到的幸福境界。雖然過程中難免波折起伏，低潮時，一切是如此虛幻，但當自己達成一項目標，找到前所未有的新發現時，又讓人喜不自勝。雖然我不曉得該如何說明這種感覺，但我敢斷言，這是就算和朋友玩樂、和親密愛人在一起，也遠遠不及的莫大喜悅。

不懂得思考的人，才是最寂寞的人

科學家和數學家懷抱著「一般人無法理解」的孤獨感，獨佔這份樂趣。雖然這種情況極少發生，但當你感受到這般樂趣時，會覺得所有人、世上萬事萬物是如此美好，一切的一切都是那麼快樂。

這種感覺實在很難表達，就算拍一部關於某位學者生平的紀錄片，最重要的部分也會因爲一般人無法理解而刪掉，成了只是在描述學者的日常生活、家人與瑣事的片子。那些終其一生鑽研學問的學者，爲何能成就一番偉業？因爲他們有著不屈不撓的精神嗎？不，純粹是因爲他們享受鑽研學問的樂趣，縱使犧牲性命、犧牲其他事物，也想追求這個燦爛光輝的樂趣。

這是一般人無法理解的事，也很難拍成戲劇，況且世人對於這類型之人的既定印象往往是「雖然他們成就很高，卻犧牲家庭生活」，或是「他們私底下恐怕過得很寂寞吧」，這樣的解讀顯然大錯特錯。很多人都是用這樣的話語定論別人的人生，而我總是抱持不以爲然的態度。

妄自評論別人「是個很寂寞的人」，本來就是錯誤的事。擅自將獨自一人與寂寞劃上等號的結果，就是認爲寂寞是一件很糟糕的事。以同樣的價值觀換個角度來想，會這麼認爲的人，才是最寂寞的人，不是嗎？

我絕不會陷入這樣的價值觀，因爲我非常喜歡寂寞的感覺，喜歡飄散一股寂寥感的場所，享受獨處的時間。當然偶爾有人陪伴也很好，但我覺得偶爾就夠了。當人在思考時，任誰都是一個人，發想、創作一事本來就是個人活動，所以絕對需要「孤獨」，畢竟在吵嚷喧囂的情況下，根本無法創作出什麼好東西。但也有例外，獨自煩惱苦思時，藉由熱鬧氣氛轉換一下情緒，反而能浮現靈感。

當然，我不是鼓吹大家無視別人的存在，畢竟個人的智慧能力有限，還是有很多東西必須從與別人的互動中汲取，但大部分的資訊知識還是能透過書籍吸收，尤其是閱讀，還是一個人靜靜地倘佯書海比較好。

其實我們早就明白這道理，無論用哪一種語言、文化，都能闡述獨處時間的可貴，相信不少人早就認識如此奢侈貴重的時光。然而，資訊發達的現今社會，卻讓我們有點忘了這種感覺，不是嗎？因爲**現在是個透過網際網路，便能輕易干涉別人生活的時代，**

人與人之間總是處於「連線」狀態，遠離了珍貴的孤獨。

拒絕大量生產的感動

正因爲孤獨一事難以拍成戲劇，難以令人感動，所以我們長年忽略宣導孤獨的重要性（尤其對於孩子們）。打造人氣吉祥物、採用當紅偶像明星達到宣傳效果、創造各種娛樂話題，任何一種方式都是強調「關連性」，因爲這麼做才能創造商業利益。無奈現今時代的孩子們就是沉浸在這樣的氛圍，也就自然被洗腦了。

孩子們被灌輸必須和大家做同樣的事，必須在學校結交朋友，集衆人之力成就一件事有多麼美妙，就連感動也是大家一起創造出來的東西，這就是現今時代造就出來的「好孩子」。無奈絕大多數孩子對於感動的反應，卻是像小雞般張大嘴，完全不明白自己腦中湧現出來的「感動」究竟爲何，更遑論他們能在沒有半個人的地方，一整天只是靜靜地觀察一隻蟲，感受這種美妙體驗。

於是，被洗腦的孩子們「恐懼孤獨，渴求與別人有所連結的感動」，成了只會購買「大量生產出來的感動」的「乖乖牌消費者」，而企業要的就是這樣的普羅大衆，而且愈多愈好。唯有社會變成這樣，企業才能將消費者當作小雞飼養，賺取利益，這和飼養家畜有何兩樣。可嘆的是，絕大多數人彷彿睡著似的完全沒有自己的想法。

若從極度赤裸裸的觀點來看，就是這麼一回事。但就某種意義來說，家畜或許很幸福，因爲當事者要是沒有半點認知，也就不知「寂寞」爲何，這樣也沒什麼不好，只是我無法苟同。有極少數的御宅族被視爲家畜，還被嘲笑：「那傢伙肯定很寂寞吧！」與其說嘲笑者的見解有誤，不如說他們滑稽得令人可笑。問題不在於哪種人比較寂寞，**順從自己的心意而活，才是最重要的事**。

也許我的主張有些偏激，但要是不下點猛藥，無法吸引更多人注意我提出的質疑。因爲這世間的潛規則就是多數人總是否定少數人，少數人被迫認同多數人，我只是想點出這樣的謬誤。

從商業觀點來看，「寂寞」與「沒有賣點」劃上等號，也是攸關經營死活的問題，這就是商業生死感，所以必須盡量演繹「一點也不寂寞」的感覺。

或許舉這例子不太妥當，好比運動選手爲了贏得勝利而努力，本來就是極度個人化的活動，必須面對孤獨。但當選手贏得勝利，接受採訪時，卻不會說：「我是靠自己的勤勉努力，一路挺過來的。」而是表示：「都是拜大家為我加油打氣之賜。」於是，聽到這番話的孩子們，囫圇吞棗地將這番話解讀成「感動」，希望自己有朝一日也能「受到大家的矚目」。畢竟運動選手的背後潛藏著莫大商機，只能說出如此吸睛的宣傳性說詞。但別忘了，隨著年歲漸增，不明事理的小毛頭，也會有不吃這套的一天。

商業虛構的價値觀VS普世價値觀

「只要努力，總有一天會贏」、「只要相信自己，夢想總有一天會實現」，現實卻是就算再怎麼努力，也不見得能贏，就算相信自己，離夢想還是很遙遠，所以將這些口號奉為圭臬的人，只覺得不知所措。尤其是想得到大家認同的人、想成為受歡迎的人，一旦事與願違，內心的失落感相對越大，搞不好還會覺得孤獨。那麼，究竟是哪個環節與現實脫節呢？

因為發現自己不適合、沒有才能，而修正方向的人是幸運的。然而，從小被教導「要相信自己」的單純孩子，卻無法輕易面對自己的不足，而且愈是深信這句話的人，愈容易陷入死胡同。

我認為，**大人們應該教導孩子更坦率地面對現實**，老實地告訴他們道理就行了。大人們之所以無法做到，是因為陷入「想給孩子們更多夢想」這個商業口號的陷阱。

我想談論的不是誰造成這番假象的問題，而是必須有人告訴孩子：「那些只是虛構出來的口號」。腦子靈光一點的孩子，自己會體悟，無奈絕大多數的孩子都信以為真，這就是人云亦云的可怕之處。

也就是說，在捏造「寂寞是多麼不堪」這個概念的現今社會中，最強大的幕後推手莫過於每天傳播這個概念的媒體業。就某種程度來說，因爲攸關商業利益，反覆操作也是無可奈何的事，畢竟商業是以賺錢爲目的，當然要選擇效率高的手段，塑造良好形象，才能達到宣傳效果，所以就算對這種手段滿腹牢騷也沒用。但我們必須清楚告訴從小被這些概念洗腦的小孩，這些只是一種宣傳手法，因爲保護孩子是大人的責任。我想，期望政治與媒體教導這種事，無疑是緣木求魚，況且兩者都不是能夠從容教導這種事的媒介。爲人父母必須守護自己的孩子，我就是這麼教育我的孩子，在他們能夠明辨是非、理解事理之前，絕不會讓他們看電視。

被這些概念洗腦的結果，就是腦子裡萌生妄想的孤獨，搞不好與霸凌心態來自同一根源。因爲沒有具體資料可以比對，所以無從斷言，但是就成因的機制與引發的條件來看，的確容易讓人聯想。

如同前述，因爲霸凌者一方的心裡存著稱爲「羈絆」的情愫，才會興起霸凌別人的念頭，也就是藉由犧牲某個人，鞏固自己掌控的小團體。此外，霸凌者爲了得到團體中其他人的認同，霸凌某個人遂成了「最有效」的手段。結果被霸凌的一方，不但遭受嚴重的心理創傷，甚至覺得自己被霸凌一事很丟臉，試圖隱瞞。被霸凌者之所以會有這樣的反應，就是因爲從小被灌輸「友情」、「伙伴」等，這些被美化過的虛構價值。霸凌者亦然，以此虛構價值爲基準的反抗意識，成了他們霸凌別人的動機。

前述談及的對象都是孩子，接下來稍微拉高年齡層，像是職場新鮮人、年輕族群等，幾乎都有同樣傾向。

我之前寫過一本關於工作的書，個人想表達的看法就是——什麼「從工作找到人生的價值」、「打造充滿樂趣的職場是人生應有的態度」，這些都是虛構的價值觀。愈來愈多人因爲認眞接受、看待這樣的價值觀，反而陷入理想與現實差距過大的陷阱，爲此煩惱不已。意即當他們進入職場，才發現工作只有苦字可言，一點也不有趣，根本無法從工作得到成就感。該書中收錄一些讀者來函，不少人都有「職場氣氛很沉悶」、「總是做些制式化、無聊的工作」之類的苦惱，足見不少人是因爲世間美化工作的宣傳功夫，而對工作產生不切實際的幻想與誤解。

我在那本書裡坦然寫道，工作本來就很辛苦，正因爲辛苦，才有報酬、才有錢賺，不是嗎？意外收到不少讀者的迴響，像是

「這麼想，就行了嗎？頓覺恍然大悟」，或是「看了您的書之後，心情輕鬆不少，又有繼續奮鬥的動力了」等。

這道理如此理所當然，卻又不是這麼回事，因爲藉由商業宣傳打造的虛構價值觀，竟然成了現代人的普世價值觀。始終充滿活力，面對工作的人，當然沒問題，但對於工作抱持莫大期待的人，一旦現實與理想有著極大落差，勢必煩惱不已，甚至覺得自己被孤立，深爲孤獨感所苦。

有些年輕人覺得一個人窩在房間裡，不與任何人往來的工作很「寂寞」，一點也不有趣。因爲他們認爲看到客戶的笑容，贏得別人的認同與評價，才是工作的價值，這和「伙伴」、「朋友」意識可說如出一轍。於是，工作這玩意兒透過各種虛構的價值觀，被過度美化。結果就是讓許多年輕人對於工作，抱持不切實際的幻想。

我想，關於這議題就到此為止吧。但為求慎重起見，容我再囉唆一下。我並非要抨擊交遊廣闊、與伙伴一起愉快工作，這些樂趣都是虛構的。若你真的從中感受到樂趣，那你的人生真的很幸福，表示你是個人品很好、很有魅力的人，我們也不該嫉妒這樣的人。但人生不是只有這麼一條路，每個人都有屬於自己的生存之道，所以有些人只想從事能獨自靜靜完成的工作，而且完全不覺得這樣的工作狀態很「寂寞」，所以不該恣意批評這種人是「寂寞的傢伙」，這就是我要強調的事。

若說寂寞的定義是獨自一人，表示有些人就是非常喜歡寂寞，寂寞也不是那麼不堪的事。寂寞一事不犯法，也無從論罪，雖然我說的是理所當然的道理，卻感受到許多人根本忘了這道理。

感動竟然成了一種商品

雖然本章在探討寂寞一事為何如此不堪，但其實結論很簡單，寂寞一事非但不會不堪，也絕不是壞事。而且對有些人來說，寂寞是最佳狀況，甚至是必要狀況。雖然我認為寂寞與孤獨對於人類來說，是無可取代的經驗，但並非強調以寂寞與孤獨來磨練自我有多麼重要，也沒有鼓吹大家「還是要體驗過比較好」的意思。其實追求寂寞與孤獨的過程中，愈追求，愈會覺得這兩者是「有價值的東西」，關於這一點，容後詳述。

或許有點畫蛇添足，我再強調一點吧。

小時候的我曾因為過於吵鬧，遭父母斥責，而且要是哭，就會被罵得愈慘。因為父母這麼管教我，所以我也這樣管教我的孩子，教導他們就算高興也不能吵鬧，悲傷也不能哭泣，我認爲這樣才是「有教養」的人，當然這想法始終沒變。

但這想法在現今社會似乎愈來愈落伍，就像電視上的那些人，不是三秒落淚，就是情緒瞬間 high 到不行，世人似乎也認爲這樣子一點也不羞恥。當然不是說這樣不好，好比美國人就是屬於喜怒哀樂形於色的民族（當然美國人也分很多類型），所以表示日本人也愈來愈開放。

往昔日本社會確實有男生到了十幾歲的年紀，就不能在人前掉淚的傳統觀念，現在年輕人肯定不曉得這回事吧。譬如，大部分人覺得比賽輸了的一方，落下懊悔的淚水就是眞性情的表現，至少我不這麼想，我認爲身爲萬物之靈的人，懂得控制情感才是「美」的體現。

令人不得不質疑，像這樣認爲表達情感是理所當然之事的觀念，八成是受到將「感動」當成商品，從中牟取利益的連續劇影響吧。

我以推理小說家身分步入文壇，塑造過不少即便看到屍體，也不會驚聲尖叫的角色人物，所以難免被批評是個「沒有人味」的小說家。難道看到屍體就一定要嚇得慘叫嗎？非要如此恐慌嗎？雖然讀者將我塑造的角色，貼上「理科」的標籤，其實我只是在追求眞實罷了。

既然率直地表達情感、盡情宣洩情緒被視爲理所當然的事，那麼「寂寞」的情感也應該受到重視、強調才對。因此，光是被別人說一句：「你看起來很寂寞耶！」便深受打擊的孩子，是否過於敏感呢？或許這也是近來的一種社會風氣。

無奈現代人早已習慣「外顯的情感表達方式」，才會對於寂寞的情感過度敏感吧。

是否能清楚分辨虛構與現實，才是最重要的事，不是嗎？

我們感覺寂寞、孤獨，

是為了準備享受快樂，

就連「不堪」

也成了我們屈膝朝良好狀態縱身一躍的瞬間。

第三章

孤獨

對於人類來說，是必要的狀態

孤獨讓你活得更自在

我在前一章稍微提及，孤獨對於人類來說，其實是非常重要、有價值的狀態。說得極端一點，不曾感覺孤獨的人，根本是笨蛋。我想在本章闡述孤獨的價值，質疑如此珍貴的感覺爲何被排斥。

孤獨的相反，就是衆人的團結意識吧。現今社會更是將衆人齊心協力一事，無條件地美化。例如，運動場上特別重視團隊默契，就連場邊加油的粉絲也合力演出「大家一起奮戰的感覺」。「奮戰」必須要有伙伴，因爲較勁時，氣勢強的一方比較有贏面，所以衆人必須團結一致。就某種意思來說，是一種人數多寡上的「達成共識」吧。

每個人都有優點與缺點，彼此互補，社會才能順利運作，這一點無庸置疑。畢竟人非萬能，一個人很難生存，所以我不否定這樣的社會架構。所謂社會，就是衆人協調而成的東西。

但**孤獨這件事，並非抗拒如此協調的社會，因爲否定與他人共存的事實是無法孤獨的。所以即便孤獨，也能爲別人、爲社會盡份心力，而且就算再怎麼孤獨，也能蒙受來自社會的恩惠。**這種事或許在以往社會不太可能，好比原始時代，要是不成爲群體的一份子，生活就會有困難，但現今社會不一樣。

幾乎不和別人會面的我

聊聊我目前的生活吧。我已經將近兩年半沒搭過電車，爲什麼呢？因爲我幾乎不和別人會面，也沒什麼機會去市區。

大部分時間，我都是獨處。雖然與家人同住，但彼此只有吃飯、帶狗出門散步時才會照面。而且我出門都是騎自行車，所以活動範圍僅限半徑數百公里。我很少因為工作關係和別人碰面，全是用電子郵件搞定。買東西的話，百分之九十五是網購，所以每天要簽收好幾回宅配。我家電話幾乎不太響（就算響，也是打錯電話），也不會收到別人的來信（因為沒人知道我家地址）。

縱使如此，一年之中還是要接待幾次遠道來訪的朋友，一起享受愉快時光，當然這種特別來賓不多。

我一個人時，不是在庭院除草栽花，就是在車庫工作，或是窩在書房看書，我的生活沒有週末假日，也沒有國定假日、新年，每天幾乎過著大同小異的生活。我不喜歡外宿，也不喜歡外食，更不會熬夜，都是在固定的時間，做同樣的事，生活沒什麼變化。

爲何我甘於如此一成不變的生活，不會厭倦呢？因爲**時間是我「創造的」，感受到每天都有新事物產生，而且非常樂在其中。**我是那種容易厭倦一件事物，要是覺得這件事很無趣，馬上就會放棄的人。住的地方也是，要是厭倦這裡的環境，便立刻搬家。總之，永遠追逐新鮮事物，就是我的人生哲學，也成了我現在的生活方式。

或許看在一般人眼中，我的情況就是「孤獨」二字，但我覺得這樣的「孤獨」沒什麼不好，反正我和家人同住，至少不是「孤立」狀態。當然，我企望的「靜謐」生活，也是我不斷追尋、探求的結果，所以完全不覺得「寂寞」。若以言語形容的話，那就是**「再也沒有如此美好的寂寞」**、**「希望能一直享受如此美好的孤獨」**。

我不是極度抗拒人際關係，也並非徹底與社會斷絕往來，像我寫這本書，會有好幾萬讀者掏錢購買，只是希望以自己的方式，為別人盡點心力。雖然我目前半退休，但多少還是得掙錢，也繳了不少稅，至少世人認為書很暢銷這件事，就是有此價值（似乎是吧）。雖然只是略盡棉薄之力，也不能說我對社會毫無貢獻。

此外，我手上還有幾個研究計劃必須進行，雖然這是非常個人化的作業，但如果無法獲取資訊，便無法進行。這時，我必須上網搜尋相關資料，或是和其他學者討論。因為我隸屬於某個研究學會，所以也會出席視訊會議，這樣的工作方式非常契合我的需求，雖然絕大部分是個別行動，但有時必須互相通報成果、相互評價、接受外在刺激。若純粹是個人興趣，只要自我滿足就行了。但科學領域不行，必須設法讓別人理解你研究的東西，或是依別人的要求重現些什麼，這些都必須靠「技術」達成。即便作業過程再怎麼孤獨，還是必須與別人溝通，才能得到成果評價。雖然這樣的過程稱不上是與別人愉快聊天的會面，但對我而言，這就是「自己與社會的一種協調機制」。

別將孤獨和個人主義劃上等號

像這樣就算處在孤獨的狀態，在現代社會還是能生存，爲什麼呢？因爲現今社會是由個人主義構成，以往的農村社會可就不是這麼回事，所以現在自由許多，加上網際網路普及，人們的觀念與想法有著極大改變。因此，就某種意義來說，孤獨在現今時代是「自由」的象徵。

當然，和一群人生活在一起也很好，但有些人一個人也可以過得很幸福，所以兩者是可以並存的。

但現今社會多少留存著陳腐觀念，有些人對於離群索居之人，還是投以責難的眼光，不認同別人的價值觀。我想，這就是**群體主義作祟**。或許現今在心態上比以往來得寬容，但內心還是無法苟同，所以要是發生什麼令人匪夷所思的犯罪事件，就會出現嫌犯平日蝸居家中、嫌犯是個孤獨的人、嫌犯是御宅族、嫌犯成天沉溺網路世界等，諸如此類的報導，這就是一大證明。而不是出現嫌犯是上班族、嫌犯交遊廣闊、嫌犯有家庭等報導，這又是為什麼呢？希望大家深思。

這種報導彷彿告訴社會大眾，嫌犯是因為無法忍受孤獨而犯罪，根本是洗腦式報導。

在我看來，許多人並非因爲孤獨而犯罪，就算他們孤獨，這也是自己喜歡、選擇的生活方式，不是嗎？究竟哪一種看法比較坦率呢？即便犯罪者說是因爲埋怨自己的人生境遇，萌生報復社會的念頭，其實說穿了，他們根本就是「亂發脾氣」。「管他是誰都行」、「和我沒關係的人也無所謂」，這些人根本是毫無特定對象地「亂發脾氣」，根本不曉得該對誰發脾氣，只是想攻擊別人、宣洩情緒，所以挑個可以輕易下手的對象。他們想藉此鬧大，將自己的怒氣傳達給眞正怨恨的對象，這就是他們的盤算。顯然這種行爲是出於想博取別人認同的欲求，也就是「撒嬌」。出於撒嬌心態的犯罪，絕對不是喜歡孤獨的人，而是恐懼孤獨的傢伙，希望大家明辨這一點。

「無法忍受孤獨」這句話，成了宣傳「孤獨是壞事」的手段，而這種宣傳手段則潛藏著孕育犯罪者的意圖。

個人主義必須建立在「和平」的基準上

俗話說：「一種米，養百種人。」無法認同價值觀不一樣的人，就是「差別看待」，這在現今時代明顯是「惡的根源」。這種惡一旦擴大，就會引發戰爭、恐怖攻擊。恐怖份子之所以發動恐攻，目的就是要別人認同他們的存在，攻擊不認同他們的人。

當然，無論是犯罪、暴力還是戰爭，基本上都是情理不容的事（應該說是令人極度厭惡的事）。當地球上的人口愈來愈多，我們只能學習認同彼此，包容別人的不同，相忍共存，不是嗎？

如果每個人將時間花在自己的興趣上，世上就不會有戰爭吧。

但要想實現這樣的世界，前提是根除「貧困」。例如，如果所有人都成了鐵道迷，熱愛鐵道攝影，國家之間的紛爭便成了其次問題，這不是很有趣嗎？比起外交紛爭，鐵道攝影更重要，因爲大家都認爲這樣的價値觀才是「正確的」（恕我贅述，並不一定是鐵道迷，昆蟲迷也行。雖然我對於鐵道攝影、採集昆蟲等，毫無興趣，也無法瞭解有何樂趣，但我認爲不該排擠這群小衆）。

這是個再怎麼微小的存在也能存活的社會

我再舉個例子吧。對於認爲繪畫創作是生存價値的藝術家來說，每天過得安穩是一件很重要的事，不管外界變得如何，只要自己能安心創作就好了。這是藝術家最大的期望。他們對於鄰居是個什麼樣的人，一點都不關心，只要不受對方打擾就行了。即使別人用狐疑、不屑的眼神打量他們，藝術家也不在意。因為他們認為只要基本生活無虞，別人怎麼看待都與自己的創作無關，只要確保私人空間、不受外界干擾就行了。

藝術本來就是這麼一回事，無奈藝術在現今卻成了一項工作。雖然我不曉得從何時開始，也不明白是什麼歷史典故，以往藝術的消費者以王公貴族為主，時至今日，藝術早已走入一般人的生活，所以過於疏離大眾口味的藝術創作肯定滯銷。這麼一來，藝術家不但無法溫飽度日，創作也成了拖累生活的阻礙，光是這一點，就不適用於孤獨主義，而是自己與社會的關係出了問題。

世上的人何其多，你我只是滄海一粟，哪怕萬人之中有一個知音者，多少也能存活。好比現在的小說家，萬人之中有一個人是粉絲，便能稱爲人氣作家。

所以藝術家就算得不到周遭人認同，只要世上某處地方還有人欣賞自己，便能生活。即便在自己住的地方活得「很孤獨」，還是可以活下去。

因爲有著無論是多麼令人厭惡的傢伙，還是存在保有一定人權的法律支配社會，也就是拜不會給予差別待遇的規則所賜。就算因爲某種緣故而被周遭人排擠，也不該被暴力對待、剝奪生存權，所以現今是個就算稍微偏離常軌，也能自在生活的社會。

恐懼孤獨的飢餓精神

另一方面，對於藝術家而言，這般孤獨環境無疑是讓自己靜靜埋首於自我世界的一項絕佳條件。不必硬著頭皮出席宴會，也毋須勉強自己爲社區盡份心力，更不必與人交際，說些客套話，無謂地浪費時間。

當然，像這樣與周遭人疏離的情況也有不愉快的時候，至少會有點不滿與憤怒。然而，這種不滿的情緒是一種「飢餓精神」，成爲藝術創作的原動力。我認識不少藝術家朋友，曾從他們口中聽聞多次這樣的埋怨：「別瞧不起人，讓你們瞧瞧我的厲害！」雖然無法具體想像他們的厲害之處，但不難想像他們多麼期望在自己最擅長的領域，成爲一號人物，讓「世人刮目相看」的意念。

我認爲，具有這種飢餓精神的人絕對不是熱愛孤獨的少數派，而是恐懼孤獨的多數派。因爲眞正的孤獨派絲毫不期待得到別人的認同，只想做自己認同的事。

走筆至此，我像是將人們分為恐懼孤獨派，以及熱愛孤獨派這兩種類型。不可否認，的確能藉由觀察一個人的言行，將其歸類某種類型。但其實一個人的內心同時潛藏這兩種傾向，而且比例多寡就像指南針般搖擺不停，所以無法斷言，也極少人完全傾向某種類型，但還是能暫時分類出哪一類型的人比較多。我想，恐怕超過百分之九十的人都認為自己是恐獨派，所以恐獨派壓倒性的多吧。然而，若是連輕度愛獨派也算在內的話，不難想像一半、甚至超過一半的人，其實具有愛獨派的素質。

如果人類不是會深思的動物，早就成了猿猴成群的社會，成群結隊地爭奪勢力範圍，勝利一方得到統治權，輸的一方只能選擇逃命或服從。身處這樣的社會，就算大家一起活動，也很難透過個人創作與藝術，孕育文化，更甭提發展科技。

猶如文化是以創作，也就是個人活動爲根基，科學與技術的發展也多是根源個人的發想，應該說近乎依賴才對，回顧歷史便能明白這道理。

一個人的發想

發想事物的行爲是來自個人，並非是與他人合力完成的事。好比一個人搬不動重物，也許兩個人一起搬就搬得動，但發想點子時，只有自己在進行這行爲，說得更明白一點，只是多一些人想，發想出來的機率也越高，並非是什麼一個人辦不到，兩個人就辦得到的事。

這麼說來，思考時，以獨處狀態爲佳。在安靜的地方獨自專心思考，處在這樣的孤獨中，才能發想出什麼。

就像必須結集許多人的心力，才能打造出龐然建築，但設計出這棟建築物，靠得卻是一個人的腦袋。由建築師發想、決定建築物的大致模樣，確立方向，交由工作人員繪製設計圖，確定細節，然後一大群人依據設計圖，開始作業。要是一開始採大堆頭的工作方式，勢必會引發各種矛盾與衝突，遂成了一輛「多頭馬車」。

所以仔細想想，絕大部分的作品通常作者只有一位，當然也有通力完成的作品，但也是基於分工合作，先由一個人發想，或是有人握有主導權。就像公司只有一位老闆，國家只有一位領導人，「掌權」的角色通常只有一位。即便許多人參與決策，但領頭的只會有一個，也就是說，若不是一個人的話，根本無法做出決定。

那麼，採「多數決」的方式就不需要「掌權者」囉？「掌權者」並非只是象徵性的「代表」，而是被明確賦予權限的角色，所以這個角色可以說沒有伙伴，處於孤獨的立場。我沒有經歷過這種事，僅僅單憑想像（因爲我總是盡量避開擔任「掌權者」的機會。現在想想，自己喜歡孤獨一事，還眞是有點不可思議，但也是因爲我很怕那種要整合衆人意見的麻煩事，只好拚命逃避）。

孤獨也有產值

其實孤獨的產值，出乎意料的高。個人活動幾乎都是用腦進行，至於勞力作業則是不必單獨一人也能進行。

好比漫畫家朋友告訴我，決定故事與分格是最辛苦的作業（有人稱爲「命名」或「分鏡圖」），以建築來說，就是描繪設計圖的過程。通常漫畫家都是一個人關在房間進行這階段的作業，待完成後（通常這時會和編輯討論），才開始繪製，而且這階段的作業會交給幾位助手執行，大家邊愉快聊天，邊完成作品，但是完成的作品上，只會出現漫畫家一個人的名字。

可惜小說家從頭至尾都是獨自一人，無法享受衆人合力完成作品的愉快過程。或許有人認爲寫小說也可以像漫畫那樣，先由漫畫家構思，再交由助手完成，但實際上不可能，因爲要是沒有動筆書寫，無從發想故事情節，況且文章的細微表現、角色人物的台詞等細節都會彰顯作家的個性。漫畫當然也著重細節部分，有些漫畫家從頭至尾都是獨立完成（我認識這樣的漫畫家），但要是無法做到這種程度的話，只能將誰畫都沒有差的背景（風景等），或是不必動腦深思的作業（像是塗背景、處理網點等）交由助手處理，畢竟採分工合作的方式才能提昇效率，況且要是不這麼做的話，很難配合連載速度吧。此外，比起小說家，大多數漫畫家都是年輕時便出道，而且出版社的編輯在構思、分鏡階段便參與討論、校對。但小說通常是交稿後，才會進入打樣、校稿階段，或許是因爲純文字比較容易修改，所以原稿完成後再校稿就行了。

總之，透過各種例子便能瞭解一個人作業有多麼重要。之所以舉小說、漫畫與建築爲例，因爲恰巧是我比較有接觸的工作類型，其實無論是什麼樣的工作（尤其是原創性工作），應該都有需要一個人靜心作業的部分。

學校裡的集團意識重要嗎？

孩子在學校，必須學習團體行動，爲了在社會生存，必須與周遭人協調，克制自己的任意行爲，避免造成別人的困擾，所以學習團體生活被視爲重要的教育。

但是研究學問一事，不需要團體行動，好比背誦課文、反覆練習，本來就是個人活動。當然，像是體育和音樂等課程，可以許多人一起從事，但其他科目還是以個人學習爲前提。不過，有些事情還是只能在團體中學習，像是瞭解除了自己以外，其他人在思考什麼事？或是其他人的學習能力如何？（雖然我用了「只能」這字眼，其實這是非常重要的學習）。我還記得小學時，教室的課桌是兩人共用一張長桌，後來升上國中，看到課桌椅是一人一套，我還有點詫異。現在似乎愈來愈多小學都是一人一套課桌椅，顯示基本上，學習還是一個人做的事，之所以一大群人聚在學校一起學習，主要是因爲「效率」問題，要是採一對一教學，勢必需要很多老師，所以才會有「學校」這個組織形成。在西方，學校起源於軍隊，也就是教導團體行動的場所，所以只是這場所碰巧適用於研究學問。

如果老師和學生人數一樣多的話，便能採家庭教師方式，親自到學生家裡授課。現今只要使用網際網路便能實踐這方式，也就不需要稱爲「學校」的建築物與土地，不會發生校園暴力事件，更貼近學生的需求，還能大幅節省能源耗費，而且比在學校上課「安全」多了。問題是，這方式無法學習「團體生活」，所以許多人反對的理由是：「如此寂寞的學習方式，就不是學校啦！」

其實，我對於這樣的質疑不以爲然。今後不僅教育，搞不好社會也會朝這方向發展，公司亦然，不必再特地出門上班，不是嗎？這麼一想，便覺得教導「團體意識」一事，似乎不再那麼重要。不過，大環境要變得如此，恐怕也是很久以後（大概幾十年後）的事。

爲人父母總是希望孩子能融入團體生活，因爲這是孩子在成長階段，爲了將來能適應社會的人格養成。所以聽到孩子聊朋友的事，知道孩子的人際關係沒問題，父母才安心。反之，父母很擔心孩子被孤立，要是聽到孩子說學校生活很無趣，內心肯定深受衝擊。

時下的孩子爲了不讓父母操心，也許會故意說：「學校生活很有趣」、「我交到了朋友」，因爲他們早已明白討父母歡心，就是扮演「好孩子」的角色，反正撒謊不費功夫，也是爲了讓父母開心。

但我希望大家想想，學校眞的是一處讓人愉快的地方嗎？交到朋友，又意味著什麼情況？我見過許多親子之間，只是用乏味的對話聊著學校生活。對於小一新生來說，因爲一切都很新奇，自然覺得有趣。但隨著年級往上升，孩子之間的學習情況逐漸出現差異，有的孩子很會讀書，有的孩子課業表現不佳，加上每天都有考不完的試，做不完的功課，想玩也不敢玩。孩子還可能因爲犯了什麼錯，被師長當著同學面前斥責，或是對於不善運動的孩子來說，體育課是最痛苦的時候，面對自己不喜歡的科目，也要忍耐著聽課。總之，學校就是一處讓人無法逃離，極度不自由的地方。

明明學校應該是讓人快樂學習的地方，卻讓孩子逐漸明瞭完全不是這麼回事。以爲是大人說謊的孩子還算好，更多孩子則是因爲覺得自己表現不夠好、無法適應，而覺得學校生活一點也不有趣。

老師們爲了讓孩子快樂學習，可說絞盡腦汁讓教學變得活潑有趣，像是「快樂學習數學」、「有趣的生物課」等，誘發孩子的學習興趣。但是無趣的東西，終究還是無趣。

沒有人告訴孩子：「其實學習是一件辛苦的事，雖然辛苦，還是要忍耐，這樣你才能嘗到甜美果實。」

其實人們極度畏懼「不快樂」的事實，這和深爲孤獨所苦一樣，許多孩子因此被逼至拒絕上學的窘境。只能說這些孩子誠實反應「怎麼樣也無法讓我感到愉快」的心聲。

那麼，爲何要美化學校，誤導孩子呢？我想，大人應該要好好省思，坦誠面對這問題。

不要失去獨處的時刻

不只學校，感覺家庭也是如此，爲了讓孩子不會感到孤獨，父母顯然過於干涉孩子的生活。這樣的父母對於「作風開明的家庭」這字眼存有幻想，相信任何事都能開誠布公，才是絕佳的親子關係，強迫孩子接受這樣的價值觀。

世上有各種類型的人，即便是親子，個性也不見得一樣，因爲成長環境不同，時代也不一樣。有些孩子的「開朗」只是順應父母的強制要求，因爲要是顯得「陰鬱」就會被斥責。

雖然我常表態自己喜歡個性陰鬱的人，但不可否認，個性開朗的人的確比較吃香。我不明白，人爲什麼不能陰鬱呢？我有兩個小孩（都是老婆大人在照料），要是他們爲某件事開心喧鬧時，我會斥責他們「安靜點」，雖然不知道這樣的管教方式是否奏效，但兩個小孩都挺乖的。當然，也可能是在我面前佯裝乖巧。但我認爲這樣的管教方式，對於他們日後如何面對社會這個大環境是有幫助的，至少懂得應付各式各樣的人，也能守住自己的原則。我想，每個人或多或少都懂得如何在人前，展現自己開朗或陰鬱的一面。

不只人的個性，我對於日本的住家採光過於明亮，也有所不解。房間弄得亮晃晃的，有何意趣可言？白天陽光從南邊的落地窗照射進來，晚上裝在天花板上的照明器具照得房間四處角落都很亮，反觀氣氛非常好的餐廳和飯店客房等，這些高級場所的採光並沒那麼明亮。看書時，只要打開身旁的燈就行了。只能說不少日本人被洗腦，無條件地接受「明亮」就是好的說法，認為只要採光明亮，心情也會跟著開朗。

孩童房本來就是為了讓孩子獨處而設計的空間，**隨著年齡漸長，孩子更需要獨處時刻**。我認為孩子升上國中後，週末假日偶爾可以讓他們負責看家，大人出門放鬆一下，但絕大多數日本家庭都是全家出遊，深信孩子同行比較好。

也有不少家長將自己的興趣強加在孩子身上，希望孩子和自己有著共同喜好，在我看來實在很不可思議。若父母如此要求孩子，何不先身體力行，迎合自己父母的興趣，這樣不是能彰顯自己很孝順嗎？明明自己做不到，卻要求孩子。

當然也要依孩子的個性，調整與孩子的相處方式。但我常常在想，孩子升上高年級之後，是否讓他適度嚐嚐孤獨的滋味，有助其人格養成呢？

無論是再怎麼親密的關係，都要遵守一定的禮儀；**無論是再怎麼相愛的彼此，也必須保有私領域**，我認爲這一點非常重要。雖然有些人總愛說些既然是一家人，就不應該有所隱瞞的漂亮話，其實不把這些話當眞，才是智者，因爲我覺得這些話一點都不「漂亮」。思考什麼事應該讓對方知道，什麼情報能共享，才是眞正的體貼。

關於孤獨的盪鞦韆原理

闡述至此，我想多少能讓大家明白孤獨並非全然不好，同時也是不可或缺的狀態。請回想前面提到的愉快與寂寞的波動，**結論是人必須要有這樣的波動，一下子快樂，一下子寂寞，這才是健全狀態**。而且沒有好壞之分，要是一方沒了，另一方也不存在，成了平坦的世界，這種情況就像心臟停止跳動，說是死亡也未嘗不可。沒錯，要是死了，就不會覺得快樂，也不會感到寂寞。每個人終如此，所以趁自己還活著時，多方感受吧。

這種感覺就像盪鞦韆，往前盪時覺得很快樂，往後擺時又覺得很寂寞，就是這種「擺盪」的感覺。有一點很重要，那就是無法只擴大愉快的感覺，也無法只擴大寂寞的感覺，這是波形的基本原理。然而，人們只能主觀地捕捉自己的心理狀態，所以可能搞錯鞦韆的中心點，一味認爲自己很寂寞。相反的，也有怎麼樣都覺得很快樂的人，明明都是朝同一個方向擺盪，卻有完全不同的感受。

於是，有些人爲了今後過得更快樂，用力擺盪鞦韆，想要盪得更高，卻反而覺得更寂寞。從旁觀察的我發現這些畏懼寂寞，爲了遠離孤獨而刻意追求熱鬧的人，其實並沒有在盪鞦韆，而是處在拚命想往前盪的掙扎狀態，那根本就是停擺。或許他們不會感受到莫大寂寞，卻永遠也無法達到自己想要的快樂境界。

反觀熱愛孤獨，享受寂寞的人，因爲心中無所求，無窮的快樂自然造訪。即使他們心想：「我面對這種熱鬧的場面，有點棘手。」朋友還是自動圍聚過來。就算沒有具體的熱鬧場面，但好比他們獨自登山時，也能因爲見到高山植物而感動不已，爲了眼前的美麗景致而開心落淚，這份感動就是莫大的快樂。光是能夠吟味這樣的感動，便能明白人生價值。縱使如此，他們還是不斷追求一個人的孤獨世界，鞦韆也盪得愈來愈高。

說得更坦白些，恐懼孤獨的人，不曉得孤獨有多麼快樂。在我看來，這些人不只失去一半的人生，也處在波幅始終很小，無法達到眞正快樂的狀態。

瞭解孤獨，才能瞭解愛情

雖然隨著年歲漸長，能夠逐漸瞭解孤獨的美好，但有些人就算上了年紀，依舊抗拒不了熱鬧的誘惑，強迫自己拓展人際關係。

這種人除非喝得酩酊大醉，不然感受不到快樂吧。因爲只要喝醉，便能毫無顧忌地享受被親暱之人包圍的感覺。當然用錢也能捏造出類似氣氛，而且錢撒得越多，越能吸引人向自己靠攏，但無論是哪一種方式，結果還是感到孤獨。其實不需要畏懼孤獨來臨，坦然接受才是最好的方式。

那麼，年輕人爲何抗拒不了熱鬧的誘惑呢？或許因爲要是認同孤獨很美好，可能會被同儕孤立吧。有時，年輕族群的小團體純粹只是因爲「年輕」這理由而聚在一起，就像一群小狗嬉鬧。再者，年輕人渴求別人的理解與認同，哪怕只有一個人也好，希望有個人能貼近自己。

這的確是個理由，只要找到一位同伴，兩人一起孤獨也不錯。就算與世間爲敵，只要一起守護屬於兩人的世界，這樣就夠了。

這是以意識到「兩個人」的感覺來取代「自我」，但之所以會這麼想，出發點還是自己一個人。雖然對方目前陪在身旁，但終究不可能變成同一個人，也不可能完全瞭解對方的心思，所以只能相信對方說的話，也就容易產生誤解。這就是爲何明明相愛甚深的兩人，明明堅決表示要永遠在一起，卻是最有可能分手的愛侶。

讓孤獨轉換成「美」：創作的動機

世間有許多歌頌愛的歌曲，人們也喜歡聽這類型的音樂，所以不是以愛爲題的歌曲，恐怕極少吧。這些「愛之歌」究竟是歌頌愉快的愛比較多，還是訴求悲傷的愛（別離的愛、失去的愛）比較多？我想不用細數也知道，應該是後者，因爲這樣的曲子比較容易打動人心，接受度也高。

不只音樂，電影、連續劇也是，極少有描寫愛情一帆風順的作品。即便是快樂結局，也大半是悲傷、波折不斷的過程。歌曲亦然，透過歌曲可以瞭解大眾的心聲。

對於創作者來說，處在悲傷情況下，似乎更有靈感。不妨想像你是個創作者，要是每天和戀人過著愉快日子，根本湧不起創作念頭，但只要和情人吵架、分手，當孤獨悄悄造訪時，悲傷情感就會激起創作慾望。

應該不少創作者是因爲想起過往的孤獨，而湧起創作靈感。縱使現在再怎麼幸福，也會因爲喚醒與親密愛人別離、與至愛之人陰陽兩隔的記憶，沉浸於孤獨中，挑起創作慾念。或許可以說，完全不曉得孤獨爲何物的人，無法創作。而且透過別人的作品，模擬體驗到的「孤獨」是虛假的，除了缺少細節之外，也容易陷入千篇一律的形式。

創作一事是孤獨的，就這一點來看，孤獨是有產值的。對於專業創作者來說，孤獨可以變成錢，說是處於一種有錢可賺的狀況也不爲過。

藝術是將人類最醜陋、最虛僞、最悲傷等負面情緒轉換成正面能量的行爲，記住這一點絕對有好處。如果覺得自己跌入無法忍受的孤獨深淵，強烈建議你拿起筆畫畫、寫詩，嘗試創作，絕對比欣賞畫作、讀詩等較爲被動的行爲來得有效。因爲將時間花在創作這件事，能讓你的心情昇華。無論是繪畫、音樂還是演戲，若你多少有點這方面的才華，絕對建議一試，這也是藝術的功能之一。

但要是自認與藝術無緣的人，大概就不會用這方法了。現在還有這種人嗎？也許有，只是我不知道而已。

或許這麼說不太好，某些藝術家似乎在炫耀自己的不幸，但還是有少數人會被感動。藝術不是誰都能輕易接受的東西，因爲它不是大衆娛樂，但至少不少創作者在創作過程中，得到慰藉與救贖。當然，也有不少藝術家步上自殺一途，完全得不到救贖……。

孤獨就像減重，能讓身心更健康

我試著總結本章內容。**孤獨對於人類來說，是一種極具價值的狀態，不是與慾望有關的本能，也不是動物具有的本能，而是**

人類才有的崇高感覺。當然就算不知孤獨爲何，也能生存，但只能活得像動物而不是人，或許你會覺得這樣的說法有點極端，但不可否認，**孤獨是人類的特權**。

所以拒絕如此重要的孤獨，無疑是放棄人性。

人類的最大本能就是吃，也就是食慾，所以會反覆出現「飽食」與「空腹」的波動。試著想像，當你覺得美味，一定是處於空腹狀態吧。雖然空腹也是一種生存危機，但只要稍微忍耐、減肥，就可以促進身體健康的想法，這也是人類才會有的。無論如何都想達成的貪欲與上進心，也是一種飢餓精神。

現代人渴求人際關係，渴求與別人互動，所以人際關係才能成爲一種商機。付錢購買人際關係，就像付錢吃東西，因爲覺得肚子很餓，所以必須吃東西，於是現代人陷入了「羈絆過度」的窘境。

羈絆過度就是導致不動腦思考、行動的原因，就像建議偶爾禁食，減重一下更健康一樣，也**讓自己適時孤獨一下，不但健康，思考與行動也會變得更輕盈。**

正因為「孤獨」是處於渴求快樂的狀態，才會湧現追求快樂的動力，這是一種自然的生理現象。

孤獨對於人類來說，是一種極具價值的狀態，
不是與慾望有關的本能，也不是動物具有的本能，
而是人類才有的崇高感覺。

第四章

孤獨也能衍生美的意識

人類工作的變遷史

前一章述及孤獨對人類而言是非常重要的狀態，也是創作的動機。本章將深入探討，孤獨為何能成為創作的動機，以及孤獨能帶來什麼正面效用。

在此之前，想提醒大家一點，那就是大多數人都沒察覺「創作」這行為的重要性，就像很少人認為上班族思考工作的事，也是一種稱為「創作」的日常事務。或許是大多數人覺得「反正自己和藝術根本沾不上邊」，也就是貿然斷定孤獨一事，對自己沒有任何幫助。其實不然，這就是我想強調的。

只要仔細觀察歷史，便能發現以往人們從事的工作絕大部分屬於勞力性質，之後因為機械不斷精進，大幅減輕人們的勞力負擔，許多工作轉移成事務型作業。然而，隨著數位科技發展，事務型工作逐漸減少，人們能從事的工作又轉移成以調節人際關係爲主的類型，像是整合會議意見、擬定策略方向等，類似企業CEO性質。問題是，這種使用少數菁英頭腦的工作沒那麼多缺，加上勞力性質工作減少，儼然成了現今社會的趨勢。

可想而知，沒有工作的人（應該說「失業者」比較好）自然增加。即便失業者增多，生產仍舊不斷，社會也就依然富足，進入將一切交由機械人們拋開工作，盡情玩耍也沒關係的狀況，雖說這說法有些極端，卻也貼近事實。就算不工作的人自然增多，只要生產力不降，還是能照顧不工作（或無法工作）的人，這就是所謂的社會保障。

然而，人終究無法忍受終日無所事事，活得不踏實的人生，還是希望自己是個有用的人。於是，爲別人服務的工作興起，像是傳遞情報的工作、感動人心的演藝工作或體育運動等，在勞力與事務性質工作逐漸減少之際，這類型的工作卻愈來愈多。

對於人類來說，關於衣食住的生產是不可或缺的，資訊與感動卻不是那麼必要，畢竟這是以往沒有的領域。當生活變得富足，用錢便能買到資訊與感動的同時，也讓這樣的服務愈來愈廉價，成了誰都能利用的社會。

雖然媒體報導與體育不能稱爲創作，但演藝是藝術的基本，也就是將個人「創作」衍生出來的價值變成商品。好比電影與動漫，多是必須投入相當人力才能產出的東西，但起點還是來自個人的發想、靈感與想像。

除此之外，還有休閒娛樂產業，也就是將人們玩樂的環境予以商品化，由此創造新價值與創意。譬如，想利用伊勢神宮發展觀光產業，並非改造伊勢神宮本身，而是創造與其相關的經濟價值。這手法也活用於現今一般商品，尤其是講究技術層面，優劣難辨的產業界，如何創造品牌的附加價值更顯重要。

結論就是人類的勞力行為不再重要，事務型的作業也不再重要，當前人類的主要工作領域已經轉換成靠頭腦的「發想」，今後「創作」性質的活動佔工作類型的比率將愈來愈高。

在寂寞中發現美：日本的「侘・寂」文化

那麼，爲何孤獨是創作的動機呢？

雖然透過經驗值不難理解，卻很難用科學證明。我想，應該是屬於腦科學中的心理學吧——人類的腦子裡就是有此傾向。

而且這傾向應該從以往就很顯著，雖然藝術多與宗教有著密切關連，但與其說宗教利用藝術來感動人心，不如說人類想從神祕事物中，發現崇高的美。所謂的神祕，基本上是極度的個人主觀意識，當心被打動的那一刻，便能感受到神的力量。再者，人爲了逃離孤獨，必須藉助神的力量，或許可以說，宗教信仰源自孤獨感。

日本自古以來就有所謂的「侘．寂」文化，我想著眼的是**在寂寞中發現美**，那種纖細又敏銳的感覺。哀愁的美可說是西方文化的主題，中國與朝鮮半島的東方文化也是如此。老舊的東西最美，凋零的落葉很美，一種在逐漸腐朽的東西上，看到的不僅是哀愁，而是極致之「美」的精神。

西方和中國會將古代建築物復原成建造當時的模樣，日本卻極少這麼做，也許京都的金閣寺與日光的東照宮算是例外。但基本上，日本人偏愛「古風」，總覺得比起閃亮亮的金箔，斑駁、褪色的模樣更有美感，這也是一種「侘・寂」的體現吧。好比與金閣寺截然不同的銀閣寺，便是將「侘・寂」具象化的代表，絕對不是沒辦法貼銀箔（順道一提，正因爲有金閣寺，才會有銀閣寺的存在，令人聯想到前述的「正弦曲線」）。

這麼一來，便能清楚明白在「寂寞」中，發現美的精神因何而來嗎？

其實完全相反，**感受到「寂寞」的精神，就是一種美的意識，意即追求寂寞的心情，本身就是一種美的思想**。試著解釋得稍微易懂些，意思是我們會注意到老舊的東西、逐漸腐朽的東西，這種傾向就是發現美的心。反駁只有豪華絢爛、光彩奪目的東西才是美的主張，找到超越這種美的一種極致精神。

從孤獨中發現美的意識

老舊的東西並不自然，眞正的自然應該不新不舊，經常變化，時常更新。「老舊」這字眼是用來形容人們製造的東西——指的是過往人們做的東西，在人們消失之後依然留存的價值，及人們短促的人生。

人終須一死，這就是最極致的「寂寞」吧。所謂孤獨，也包含對於死亡的聯想，死了就無法和任何人說話，也無法和任何人見面，彷彿只有自己與世隔絕，什麼也看不到，得不到任何人的認同，卻沒有人能夠倖免，就算想拒絕也必然造訪。

既然如此，與其一味逃避，不如勇於面對，從中發現美的精神，就是人類克服這個最大難題的唯一方法。而藝術是將莫大的不幸轉換成有價值的東西，這番逆轉彰顯極致的美。

試想，當你和一群朋友喝酒、跳舞、唱歌，歡愉享樂時，你遇見了什麼樣的「美」？頂多遇到自己心儀的美女罷了。但這種機率並不高，不如稍微遠離派對的喧鬧，才會發現獨自坐在吧台角落的女人更美。也許這個例子舉得不太好，但小說家捏造的美，就是這種程度。

好比獨自走在黃昏的鄉下小路，站在好不容易攀至的頂峰，或是用望遠鏡望向清澄星空，在如此寂寥與靜謐中，更能發現難得的美。我想，不明白這道理的人，恐怕不曉得什麼是眞正的美，也缺乏發現美的眼光。對於只會在派對上追求異性的人，恐怕一輩子都不會明白這道理，當然這樣的人生也沒什麼不好。正因爲每個人都會變老，都得面對人生虛幻的一刻，所以一定能發現極致的美，只是時機點不同。

也許這麼說很奇怪，覺得風景美麗的人，以上了年紀的人居多，大多數年輕人對於風景什麼的不感興趣，尤其是小孩子，即便見到滿山楓紅，也覺得無趣，只是因爲大人嚷著：「哇！好漂亮喔！你看，很漂亮吧？」勉強附和，「裝乖」罷了。

因爲老年人望著美麗的景致，多少感受到自己離死亡不遠。「還能再見到幾次這樣的美景呢？」正因爲如此多愁善感，才能意識到美，正因爲人生如夢，才能培養感受細微之美的眼力。

我認爲像這樣自然的美、簡單的美、樸質的美，就是「成熟」

淬鍊而成的逸品。當時代氛圍較爲奢華輕浮時，美就是一種裝飾，鑲滿豪華絢爛、金銀珠寶，爭豔比美到有點過頭的時代。無論是西方、東方，當然日本也不例外，皆是如此。其他像是建築、時尚，甚至工藝品等，均有此傾向。因爲這樣的豪華奢美比較淺顯易懂，而且裝飾得越繁複、越精細、越花功夫，意味著花的錢越多，就是上乘之作。然後愈來愈誇張的結果，就是淪爲一個醜字。

於是，人們開始思考什麼是「美」，花很多功夫、砸大錢、華而不實的表徵，就是美嗎？這種東西眞的能體現美嗎？

因此質疑，人們開始反向思考，領悟出簡單的美，也就是毫無裝飾的美，才是眞正的美。以建築來說，赤裸裸呈現混凝土的「清水模」成了人們的最愛，由此誕生「結構美」這字眼，依力學塑造勻稱形體，不刻意掩飾結構。某個時期，甚至出現內部結構一目了然的設計。從不刻意掩飾到不再掩藏，剝去覆蓋表面的東西，彷彿經過一段漫長時間，剝去金箔與塗裝，風化腐朽，就連內部的本質都曝露於外，領略老舊之物的美。於是，人們省思華麗的裝飾並非眞正的美，而是掩飾原本的美，迷惑我們的雙眼。

現今不少人都明白這道理，所以不只日本人，西方人也很親近這般樸質的美。就像西方以往崇尚精緻描繪的畫風，後來轉趨朦朧的印象派，爾後發展成更簡約的現代畫派。女性的時尚亦然，現今不再流行繁複華麗的服飾，珠光寶氣也被批評庸俗。

或許對於以往崇尚華麗裝飾的人們而言，現今的美實在太「寂寥」了。肯定無法理解爲何現代人喜歡如此寂寥的感覺。只能說，不明白「孤獨」與「寂寞」價値的人，就會被這種過時的感覺束縛。

從「熱鬧」轉趨「寂寥」，可說是「洗練」，由此往前推進即是「成熟」，以現代的表現方式來說，就是「成熟之美」。

體會沉靜：從肉體轉向精神

當然，我不是否定豐富的裝飾之美，也不是批評熱鬧歡樂不好，只是經歷過這些情境後，才能體會「沉靜」的價值，這和每個人都會經歷孩童、青年階段，才會蛻變成大人的道理是一樣的。

一般人認為從小喜歡孤獨的人是怪胎，搞不好還會被說是人格異常，因為世人普遍認為小孩子應該吵鬧、喜歡熱鬧才對，但是人會隨著年歲漸長，個性逐漸變得沉穩，成為「成熟」大人。

由沉靜衍生的美，可說是從肉體趨向精神的轉捩點。花時間裝飾的美，是人類「花費心力」做出的造型，花錢也是如此。金錢是驅使一個人做些什麼的動力，只要想成一國之君命令許多家臣，打造出來的裝飾品就對了。其實高科技亦然，目的在於求得無法簡單完成，困難度很高，相對價值也很高的結果。而測量這些的基準就是人類付出的勞力，也就是肉體衍生出來的價值。反觀洗練的美，就不是靠勞力能打造出來的裝飾。只要對照描繪精緻的油畫和水墨畫，便能明瞭。創造要看的不是必須耗費多少勞力，而是挖掘蘊藏其中的精神價值。在靜靜地佇立，集中心神思考，享受孤獨的寂靜時間中，肉體是不會活動的，只是一直等待著從內心深處湧現的某個什麼，這是一段猶如修行的時間，攫住瞬間閃過腦海的某個念頭，然後一口氣振筆疾書。如此氣勢、如此純粹，是一種讓觀者莫不深感驚豔的美。

越年輕的人，越擅長肉體性活動。但**精神價值的深度，能讓**

活著的時間成爲素養，讓人因此發現屬於人的「洗練」。年輕不再，體力漸衰，即便一步步接近死亡，還是保有身爲人的尊嚴，而身爲人的美，就是哲學的根底。

集體意識讓人感到更空虛

走筆至此，沒有想陳述的了。總之，從孤獨狀態中衍生的東西，就是客觀性觀察，而在尋找美的過程中，人類的精神其實在渴求孤獨，這就是我提出的反向觀點。

人類有著想看見美的欲求，而且是超越動物性的欲求，只有人類才有的欲求。換言之，就是期望自己邁向更高層次，這是滿足基本生存欲求之後發現的東西，也爲和平、豐足的社會注入活力。在構築文明進步，能讓許多人安居樂業的社會之際，人類會追求更深層的欲求。若非如此，便只能怠惰而活，等著被社會淘汰。搞不好這是在一直以來的侷限繁榮中，確實捕捉到的一種預感，而尋覓到的一條活路。

接著，再來觀察象徵現代社會的都會生活吧。大都會是由來自鄉下來的人們匯集而成的，離開家鄉這件事，本身就是切斷與原生地的關係。在東京，總是一大堆人排排站等電車，走進同樣密閉的空間，而且周遭幾乎都是陌生人，雖然彼此貼得很近，卻裝作不在意對方的存在，有人聽音樂，有人看書，享受私人時間。

又好比住在高層大樓，從高處俯瞰城市街景，要以看不到人臉的高度爲佳。而且這扇窗戶屬於自己的，不需要與鄰居分享，足見住在都會的人們，基本上是「孤獨」的居住者，才會渴望彌補某方面的幻想，證據就是透過手機，確認自己與看不見長什麼模樣的人，有所「聯繫」，期望得到別人的認同，分明就是用孤獨將現實拆解得亂七八糟。

如果是眞正要好的朋友，眞正認同你的人，有必要頻繁確認嗎？若沒有一直聯繫就覺得不安，是吧？有必要被「羈絆」這種不自由的東西束縛嗎？只因爲你缺乏自信，擔心對方是否會將你視爲必要的存在。如此不安、恐懼孤獨的不確定感，顯現在都會人的一舉一動上，這一點任誰都心知肚明吧。

明明就算彼此隔得再遠，還是可以往來，爲何大家要往同一個地方鑽？爲何非要投身人潮？爲何一家人非得要在一起？爲何要住在人口密集的住宅區？不少人嚷著要保有個人特色，卻又在意流行趨勢，這又是爲什麼呢？

我瞧見了非常不可思議的光景，但或許人類就是這麼一回事。鳥兒成群，螞蟻成列，只要觀察雞、羊之類的家畜，就會覺得都市的人們和牠們還眞像。大家吃著分配的飼料、產卵，偶爾想說暫離群體，一遭狗吠又慌忙逃回。被守護的同時，也被支配著，我們就是這樣活著。

我不是說這樣不好，但總有人覺得這樣的生活有點空虛吧。光是能夠感受到這一點，便能證明你擁有人類才有的「高尙感」。

孤獨的價值・苦惱的價值

能否感受到這股「高尙的空虛感」，關鍵在於「孤獨」。若感受不到孤獨，便只能遲鈍活著，成了看不到「美」的人。雞和羊不曉得什麼是美，是吧？因爲不曉得，才能安穩活著，這不是什麼壞事，反正什麼都不知道也能活。那麼，爲何會說這是一種不幸呢？

畢竟一旦知道美爲何物，便無法逃避做爲個人、身而爲人的煩惱。

「煩惱」是身爲人的一種價值，撇開爲何煩惱的原因與理由不談，其實「煩惱」對於人類來說，非常重要。這就是我想闡述的不同觀點。

那麼，該如何處理孤獨帶來的煩惱呢？即便說是「人類存在的價值」，但寂寞還是寂寞，痛苦依舊痛苦，總該做點什麼，肯定不少人這麼想吧。對於這問題的解答，就是做些只有身而爲人才會做的活動，消費煩惱與苦痛——所謂藉由創作昇華人格，就是這意思。

雖說如此，難道沒有什麼更具體的方法，能夠解決孤獨這回事嗎？我想另闢章節，探討這一點，也想探究該怎麼做，才能將孤獨變得美好。

感受到「寂寞」的精神，就是一種美的意識，
意即追求寂寞的心情，本身就是一種美的思想。

第五章

接受孤獨的方法

嘗試寫詩吧

接受孤獨，就是避掉孤獨帶來的寂寞感，也是下意識地融入孤獨的環境。究竟要遠離孤獨，還是接近孤獨，也許是道難題。我想，應該有人覺得聽起來像是禪問吧。這是因爲用兩種意思解讀「孤獨」這字眼，才會有所矛盾，一種是被孤立般，處於恐懼狀態的孤獨，另一種是在安靜沉穩的氣氛中，適合創作的孤獨。其實就現實狀態來說，這兩種孤獨沒有多大差別，之所以覺得截然不同，是因爲主觀認知不同。總之，清楚瞭解孤獨的雙面性非常重要。

何謂主觀判斷，簡單來說，就是「心情」。因此，身處孤獨中，感覺寂寞、痛苦時，要是能以「這就是無比珍貴的孤獨感嗎？」

這樣的向自己確認，肯定不會覺得那麼悲傷，但這可能只是一瞬間的感覺，寂寞也不會就此消失。

如同前述，何不嘗試創作呢？我想，最簡單的方法應該是寫詩吧。反正不是寫給誰看，試著將寂寞心情化爲詩就行了。無論是短歌、俳句、還是現代詩，什麼都行。要是喜歡音樂的話，寫歌詞也不錯。

這麼一來，便能稍稍舒緩孤獨感。至少在苦思詞彙，搜尋靈感時，多少能嘗到一點樂趣。日後看看自己當時寫的詩，這種感覺很不錯，也許覺得難爲情，也許回想當時，會不禁淚流滿面。

藉由創作，多少能分散痛苦的感覺，不是替誰分擔，而是替將來的自己分擔，畢竟現在獨自承擔實在太沉重，所以採分期付款方式，將心情先送至將來，創作就是有此功能。

但偶爾也會招致反效果。擁有創作才華的人，不但能精確萃取自己的心情，還能擴增這種心情。尤其是被稱爲天才的創作者，就算將擴增的孤獨感先送至將來，還是承受不了一再的擴增，結果選擇結束自己的生命。這樣的天才通常有自己根深柢固的想法，很難被別人左右。一般人則應該沒有這樣的問題。我不是天才，完全沒有這樣的問題，只是分享自己的經驗。

要是怎麼樣都創作不了的人，又該如何是好？

很多人不知如何創作，可以說，這類型的人一旦陷入孤獨，便很危險。稍微有點創作經驗的人，還有可能將孤獨轉換成別的東西，但與創作無緣的人，大多只能默默接受一切，不知如何爲自己發聲。這類型的人相當會察言觀色，渴求伙伴，十分依賴組織或團體。當他們不小心失去團體的庇護，不僅遭受莫大打擊，還會沒了後路，極有可能精神崩潰。

我認爲寫詩一事，是誰都能做到的事，無法做到的人，只是總想著自己不會，斷了自己的可能性。無奈這樣的人還眞不少，他們只想在漫長人生中，當個接收者，從未想過主動發出訊號。

像這樣只想當個接收者的人，一旦陷入孤獨，只會等著別人伸出援手，希望有人能拉他們一把。要是等不到別人援助，他們會尋求心理諮商，渴求別人認同自己，至少這麼做能舒緩孤獨感，能否徹底解決問題反倒成了其次。待情況愈來愈糟，他們選擇就醫，將醫師的醫囑視爲救命藥，喜歡和醫師談話，相信醫師可以拯救自己。爲何老人家總是往醫院跑，我想就是這緣故。

就算不去醫院看診，只要有錢，便能找人爲自己服務，只要有錢，便能消除孤獨感，這說法一點也不假，我也不否定這樣的人生，因爲這和花錢買友情這種蠢事，截然不同。反正花錢也能買到美食、娛樂以及知識，不是嗎？

孤獨是一種奢侈的感覺

接下來，聊聊金錢一事吧。當自己事業有成，收入倍增，昔日同甘共苦的伙伴卻漸行漸遠，明明大家都是小職員時，感情十分融洽，當自己出頭時，彼此只剩上司與下屬的關係，職場上不乏這種情形，是吧？尤其是位居公司要職的人，更是有高處不勝寒的感覺，至少我聽聞過不少這種事。但這是沒辦法的事，畢竟沒有人想碰麻煩事，管理階層必須負起指揮之責，所以職位越高，報酬越多，職場樂趣卻相對減少，寂寞、孤獨感倍增，只能以加薪彌補這方面的缺憾。

當一個人的口袋變深，越容易成爲別人嫉妒的對象，連原本一直加油打氣的伙伴也愈來愈疏離。就某方面來說，這也是一種孤獨。

反之，缺乏工作能力也是一種貧乏的孤獨，只是這種情形通常不會用孤獨這字眼來形容。比起排解孤獨，人們更重視吃喝拉撒睡，也就是「活著」這件事。不少人會將貧乏與孤獨混爲一談，其實兩者截然不同。因爲孤獨是比確保生存一事，來得更奢侈的感覺。

鑽研自己的樂趣

回歸正題吧。除了藝術之外，還有什麼可以轉化孤獨的創作行爲嗎？

首先，莫過於埋首「研究」。雖然研究並非創作，但必須具有原創性，成爲某種發想的原動力，但因爲研究不是立即見效的東西，所以很難得到社會的認同。況且研究這行爲一向給人孤獨的感覺，爲什麼呢？因爲研究者踏入的是世人尚未到達的領域，至少沒有同樣經驗的伙伴，即便是以小組方式進行研究，也是各司其職，個人還是在孤獨氛圍中從事研究。

研究的本質，和希望得到別人認同的欲求，有點不太一樣。就算有這麼一點欲求，也只是將希望寄託於未來，眞正驅使自己前進的力量是來自想確定什麼，想弄清楚什麼，而這股原動力就是孤獨。

所以若能接受孤獨，從事什麼研究就對了。因爲研究能消費孤獨。

不是要你非得挑戰最尖端的科學、數學，**而是從自身周遭著手，著眼於從未有人注意到的東西，從而找到自己的理念。重要的是，不要模仿別人做過的東西**。雖然查閱文獻資料不是壞事，但學習並非研究，只是在吸收資訊，尚未發想，充其量只是在收集研究用的資料，也就是準備階段，起跑前的暖身運動，所以這階段不會感到孤獨。循著許多人的足跡前進，感受來自他人的援助，心懷感謝，這樣不叫孤獨，也不是在消費孤獨。

相較於藝術，從事研究顯然困難許多，也許有人覺得自己沒有這樣的能耐，根本做不到。那麼，接下來就介紹簡單一點的方法吧。

做些無謂的事應付孤獨又何妨

做些沒用的事，也就是刻意做些無謂的事，對於應付孤獨很有效，好比慢跑就是一例。要是覺得慢跑有益身體健康，應付孤獨的效果絕對好不到哪兒去，不如反向思考，像是慢跑很累，還會導致肌肉酸痛，也就是將慢跑視爲一種「修行」。還有，像是每天用鋤頭翻整庭院也是個方法，別想像要弄成多麼棒的菜園，只是出於一種習慣，所以種什麼、撒什麼都行。如果可以的話，種些不能吃的東西，不會開花的植物也無所謂，只想守護如此樸實的成長過程，反正無謂也有無謂的效果。

爲何自己要做如此蠢事呢？我認爲，**心生疑問才是要點，體悟這件事才是本質**。怎麼說呢？因爲人生本來就是如此無謂、愚蠢。當然，孤獨也是無謂的東西，但即便是果實不能吃、花開得並不美的草，當你確實見證過它們從生長到枯萎的變化，就會明白沒有任何用處的雜草，還是消耗著能量而生。

然後，你突然領悟到孤獨的本質，從中看見無與倫比的美，是吧？覺得愚蠢的事很有趣，無趣的東西很可愛，有如此轉變的不是雜草，而是你的腦子。

孤獨是只有人類才能達到的境界

創作、研究以及無謂的行爲，這些都是接受孤獨、愛上孤獨的手法。那麼，這些手法有何共通點？

我想你應該察覺到了。無論是創作還是研究，都是無法立即回本的事，意即這兩件事都不是爲了生存、爲了生活必須做的事，也就是「無謂的行爲」——但這只是表象。創作在富裕社會中，具有滿足人們的功能，研究亦然，或許將來有助於人類的生活，只是給人一種可有可無的感覺。就像很多人一聽到創作、研究，就會蹙眉質疑：「藝術什麼的，有什麼用嗎？」、「研究又不能變成鈔票」，尤其是爲了家計，終日辛勤工作的人，更是徹底否定：「我哪有時間花在這種事情上！」

然而，在無謂的事物上發現價值，也就是其本質，卻是只有人類才能達到的境界。而孤獨教導我們的，就是這般價值，那是與貧乏完全相反，只能在富裕中才能發現的價值。

描繪自己想要的自由

因此，想要接受孤獨的人，順著自己的心意就對了。但不要造成別人的困擾，如果有家人的話，唯有盡力說服他們，才不會被關心你的人束縛。不必顧慮親朋好友的看法，也不必在意鄰里的眼光，搞不好是自己鑽牛角尖，作繭自縛罷了。

同時也要深思，爲何自己變得自由？得到自由後，想做什麼？畢竟要是沒有這些契機，不可能變得自由。因爲自由是自己描繪的東西，實現自我夢想。一旦有了確實的目標，接下來就沒問題了。**即使爲了自由，斷了羈絆，變得孤獨，也一定是「充滿樂趣的孤獨」**、**「美好的孤獨」**。

雖然我想寫些具體手法，但大多很抽象，這也是沒辦法的事，因爲我寫的是孤獨這個很抽象的問題，所以只能提出嘗試創作，思考別人沒做過的事，著眼於無謂之事等方法。然而，我認爲最重要的是，**做自己想做的事，這是最直接、又沒門檻的方法**。這方法不但適用於畏懼孤獨、卻渴望融入群體的人，也適用於想稍微遠離群體，審視自我的人，而且許多不必負責的諮商都是這麼回答，不是嗎？

但務必要好好思考自己想做什麼，是想什麼也不做的慵懶度日，還是今天沒勁兒，只想睡覺？這些都稱不上是想做的事。一個人要是沒有想做的事，無疑是處在只比死亡好一點的狀態，卻是活著最糟糕的狀態。這種人拒絕孤獨，永遠活在恐懼中，形同假死狀態。

認眞面對孤獨，思考自己是個什麼樣的人，一時想不透也沒關係，重要的是今後會繼續思考。雖說如此，我自己也尚未想透，所以想繼續孤獨，持續思索這問題。

認真面對孤獨，
思考自己是個什麼樣的人。

後記

富裕生活中的迷失

社會隨著時代不斷改變，人們也跟著改變。不是人類的腦部組織改變，而是出生後，輸入腦部的資料不一樣。

我常寫些關於年輕族群傾向的議題，或許有些論述比較偏激，但要是不寫得偏激一點，很難引人注意。因爲我寫的東西不是教科書，而是多少有點誇張、有趣和奇怪的論調，盡量遊走在世人容許的邊緣。然而，我從來不認爲現在的年輕人「有那麼不堪」，基本上，我不否定現在的年輕族群，怎麼說呢？我反而覺得現在的年輕人處在比我這個世代，甚至更上一個世代，更好的環境、更好的狀態。

即便如此，在這樣社會環境中，還是有少數人會迷失，所以我想盡己所能地向他們伸出援手，也想對那些雖然過得不錯，卻總是覺得揣揣不安、與周遭格格不入的人，說句安慰的話：「這世界眞的沒有你想的那麼糟。」

現在的年輕人從小生長在富裕環境，受到許多人關愛、呵護，這當然不是什麼壞事。雖然不少人批評「卻也因此迷失更多」，但什麼唯有經歷「貧困」，才能變得富足的說法，只是一種自以爲是的「措辭」罷了。

當年輕的你步入社會，頓覺周遭人都在「俯視」你，這是因爲你還年輕、還不成氣候的緣故。之所以那麼在意，是因爲從未體驗過大人本來就該有的「俯視」視線。此外，你被批評「白目」，不懂得察言觀色，也是因爲從小習慣周遭人看你臉色的緣故，所以突然其來的改變讓你無所適從。正確來說，父母應該「俯視」孩子，孩子必須學會察言觀色，要是失了這些規則，便很難尋回。但其實也沒什麼大不了，步入社會、職場，自然能找回，至少你現在身處社會的時間比以往長多了，所以慢慢適應就行了。

普遍比實際年齡年輕的現代人心智

在高齡化的現今社會，現代人的心智反而比實際年齡年輕。好比現在五十歲的人，心智卻相當於江戶時代二十幾歲的年輕人，而且父母都健在。現在二十幾歲的年輕人，感覺像是江戶時代十幾歲的孩子，這年紀要是在江戶時代，早就謀個一官半職了。

雖然難免給人「年紀一大把，還裝什麼年輕」的感覺，但心態上返老還童，也沒什麼不好吧。

所以三十幾歲的成年人還像個十二、三歲的孩子，一個人就覺得寂寞，其實一點也不奇怪。像我今年五十六歲，也是最近才開始覺得自己是個成熟大人。

基本上，精神年齡比實際年齡年輕許多，並非壞事。糟糕的是，明明稚氣未脫，大量資訊卻從社會流入你的腦子。若能阻斷資訊流入，也許你能過著比較悠然自得的人生，但沒了這些資訊，多少都會影響生計，這就是今昔社會的差異。

在不碰面便無法溝通的時代，社會是由自己認識的人構成，即使連名字非得記住不可的人在內也不到百人。但現今時代，都得意識到沒見過面的人、已經死去的人的（曾經）存在，至於稱為朋友的人，就更不用說了。即便相隔兩地，還是能繼續往來，透過同學會、臉書之類的社群平台，延續與別人的關係。

無論是體力還是腦力，今昔人們有著顯著差異，光就必須與許多人往來這一點來說，無疑是莫大壓力，至少我是這麼覺得。朋友少一點反而樂得輕鬆，畢竟認識的人一多，就會佔掉自己獨處的時間與心力，反正交情「不深」，關係自然會淡薄吧。

老人家最喜歡說什麼「還是以前比較好」、「舊市街比較有人情味」，其實這樣的說法，就正是牽制現代「孤獨指向」的一股勢力。我也是個老頭，所以常常提醒自己千萬不要脫口而出這種話。

的確，人只能活在社會中，光是能夠活著，就得感謝這社會，所以必須尊重他人，爲社會盡份心力，這是理所當然的事。我在本書也一再強調「**不造成別人的困擾，才是眞正的自由**」，我想說得更精確一點：「只要活著，或多或少都會給別人添麻煩，所以必須忍受別人帶來的麻煩，彌補自己給別人造成的困擾」，這也是理所當然的事。

嘗試孤獨之路

我在本書講述的「孤獨」，不是拒絕社會，也不是無視他人，因爲本來就無法拒絕與社會保持最底限的關係，這是一大前提。所以自己描繪的「自由」，必須構築在對社會有貢獻，尊重他人之上，而我講述的「孤獨」便是與社會共生。

科技發達讓我們能享受「與社會共生的孤獨」，這在以往根本連想都不敢想，想要享受孤獨，根本是不可能的事。

換言之，在這資訊氾濫的現今時代，肯定越來越多人覺得要是不活得孤獨一點，便無法保有自我吧。和大家做同樣的事，非常無趣，希望多少保有私領域，畢竟要是什麼都囫圇吞棗，肚子肯定會撐破，所以必須培養過濾、阻絕資訊的能力，也就是接受孤獨的能力。

能夠接受孤獨的人，越能輕易地從孤獨狀態轉換成與他人協調、配合行動的模式。若是討厭孤獨，那就出門走走吧。只要微笑地和別人應對，馬上就能交到朋友。因爲大家都覺得人生在世，還是必須保有最基本的交際，所以也會樂於回應。

但要從這樣的協調中，回歸孤獨卻很困難，因爲羈絆一旦建立便很難斬斷。別人難免會認爲你太見外，以爲你不高興，自己也會擔心一個人眞的沒問題嗎？是否再也無法回歸團體？

其實不必杞人憂天，只要自己主動出擊，一定能得到善意回應。基本上，這是個友善親切的社會，甚至讓我覺得親切到有點無法適應。

所以一次也好，一部分也罷，嘗試感受孤獨吧。要是覺得勉強不來，回歸群體就行了。至少給自己一點練習的機會，培養耐性，面對總有一天會到來的孤獨。

孤獨能讓你的心變得更溫和

約莫八年前，我辭去公職，預計三年後退出文壇。雖然目前還在創作，但給自己訂下一天只工作一小時的原則。包括收發與工作有關的電子郵件，書寫文件資料、計算收支等瑣事，還有看文稿打樣、與編輯用電子郵件溝通事情等，一天只花一小時，所以我用在創作的時間，一年約一百個小時。

多虧工作減量，我不和別人見面也無妨，實踐屬於我的孤獨，清楚感受到一直以來的莫大壓力竟然消失了。倒也不是厭惡工作，只是伴隨工作而來的是責任、人情壓力、想斷也斷不了的東西、以及與其交給別人、交給下屬做，不如自己來的念頭，所以不知不覺間，自己承受著莫大壓力。然而從壓力鍋釋放後，長年困擾我的頭痛、肩膀酸痛等毛病，全都不藥而癒，也不再感冒（因爲不會受到感染吧），身體也變好。

而且，當我過著如此寧靜的生活，我才瞭解別人的心情，就連一向讓我生氣的事，也能轉念消氣，反正大家各有考量，只是爲自己著想罷了。我徹底領悟到每個人都有自己的價値觀，感受的方式不同，所以很難改變別人的想法。

實踐屬於我的孤獨哲學後，感覺自己的心變得溫和了。

當然，我不會鼓吹年輕人效仿現在的我，因爲年輕人必須先投身社會，瞭解社會才行。要是執意朝著孤獨的路前行，不但無法養活自己，勢必得面對強烈的責難與批評。是的，我總是感覺得到無情的攻擊。不要急，慢慢地朝著美好的孤獨之路前進，朝著對自己有利的方向前行，輕率無謀的行動只會招致危險（雖然覺得自己沒資格說這樣的話）。

結語：孤獨有其價值

總之，如同本書一再強調，倘若認爲孤獨是無藥可救的狀態，那可是人生的一大損失，而且這想法大錯特錯。孤獨沒那麼不堪，或許該說孤獨有其價值，我期待這樣的見解，能讓有些人稍微卸下肩上重擔。若無法接受這般說法的人，當自己變得孤獨時，能稍微記起有人曾這麼說就行了。我想說的就是這樣。

一如前言，本書是我回應幻冬社，志儀保博先生的提議，於二〇一四年三月下旬開始執筆的著作，也從未想過自己會寫這樣的題材。其實我的作品中，百分之九十五都是從未想過自己會這麼寫的東西，但就算是天外飛來的契機，我在書寫時，也會動腦思考，成了有趣的體驗。尤其像本書這樣的內容，比寫小說有趣十倍，意思是雖然不好寫，但這就是樂趣所在，在此謹向志儀先生表達感謝之意。

我寫了些關於孤獨的觀點、不太好懂的論述，結果還是受到許多人的協助。我是如此笨拙、體弱及缺乏生活自理能力的人，所以特別感謝一直陪在我身邊，不離不棄的老婆大人，謝謝她願意理解我任性享受孤獨的樂趣。

最後我想再聊一件事——

無論是友情還是愛情，不要期待對方有所回饋，因爲要是期待對方有所回應，那就不是眞正的友情和愛情，而是單純的妄想。過著滿足於友情與愛情的人生，與自己身處孤獨一事無異。換句話說，**唯有瞭解孤獨的人，才能滿足於友情與愛情**。

即使為了自由，斷了羈絆，變得孤獨，
也一定是「充滿樂趣的孤獨」、「美好的孤獨」。

Issue 031

孤獨的價值：寂寞是一種必要

作　者—森博嗣
譯　者—楊明綺
副主編—謝翠鈺
責任編輯—廖宜家
封面設計—職日設計 Day and Days Design
內頁排版—菩薩蠻數位文化有限公司

董事長—趙政岷
出版者—時報文化出版企業股份有限公司
108019 台北市和平西路三段二四〇號七樓
發行專線—（〇二）二三〇六六八四二
讀者服務專線—〇八〇〇二三一七〇五
（〇二）二三〇四七一〇三
讀者服務傳真—（〇二）二三〇四六八五八
郵撥—一九三四四七二四時報文化出版公司
信箱—10899 台北華江橋郵局第九九信箱
時報悅讀網—http://www.readingtimes.com.tw
法律顧問—理律法律事務所 陳長文律師、李念祖律師
印　刷—勁達印刷有限公司
二版一刷—二〇二〇年十月八日
定　價—新台幣三〇〇元
（缺頁或破損的書，請寄回更換）

時報文化出版公司成立於一九七五年，
並於一九九九年股票上櫃公開發行，於二〇〇八年脫離中時集團非屬旺中，
以「尊重智慧與創意的文化事業」為信念。

孤獨的價值 / 森博嗣著；楊明綺譯. -- 再版. -- 臺北市：
時報文化, 2020.10
面；　公分. --（異言堂；31）
譯自：孤独の価値

ISBN 978-957-13-8375-0（平裝）

861.67　　109013674

＊經作者同意，中文版將部分文章順序進行調整。

ISBN 978-957-13-8375-0
Printed in Taiwan